검선마도

조돈형 新무협 판타지 소설

FANTASTIC ORIENTAL HEROES

검선마도 14

조돈형 新무협 판타지 소설

초판 1쇄 찍은 날 § 2020년 2월 20일
초판 1쇄 펴낸 날 § 2020년 2월 27일

지은이 § 조돈형
펴낸이 § 서경석

총괄팀장 § 노종아
편집책임 § 김대용

펴낸곳 § 도서출판 청어람
등록번호 § 제387-1999-000006호
등록일자 § 1999. 5. 31
어람번호 § 제2-2825호

주소 § 경기도 부천시 부일로 483번길 40 서경B/D 3F (우) 14640
전화 § 032-656-4452 팩스 § 032-656-4453
http://www.chungeoram.com
E-mail § chungeorambook@daum.net

ⓒ 조돈형, 2019

ISBN 979-11-04-92126-1 04810
ISBN 979-11-04-91930-5 (세트)

검선마도

조돈형 新무협 판타지 소설

FANTASTIC ORIENTAL HEROES

14

제100장

흔적(痕迹)

"서문세가의 문이 열렸습니다."

"누군가 이쪽으로 오고 있습니다."

순간, 모두의 시선이 주소광에게 향했다. 현재 그는 혁련세가의 호법이기도 했지만, 정의맹 맹주를 대신해 정의맹 병력을 이끌고 있었다.

"무슨 헛소리를 하는지 들어나 봅시다."

주소광이 자신만만한 태도로 말했다. 지금까지는 서문세가에서 보내온 전령들을 모조리 베어버렸지만 이제는 그럴 필요가 없었다.

조심스레 정문을 나선 장로 서문빙이 주소광을 향해 가볍게 인사를 했다.

"오랜만에 뵙습니다, 주 호법."

"호! 이게 누구신가? 오랜만이오, 비응검(飛應劍)."

주소광이 입가에 조소를 띤 채 말했다.

"아직 새벽이 오지도 않았습니다. 이처럼 이른 시간에 본가에 어쩐 일로 오신 것인지 여쭤도 되겠습니까?"

"그 새벽, 서문세가엔 영원히 오지 않을 것이오."

노골적인 적의에 서문빙이 피가 나도록 입술을 깨물었다.

"이유를 물어도 되겠습니까?"

"이유? 그건 그대들이 더 잘 알고 있을 텐데."

주소광이 가소롭다는 듯 말했다.

"무슨 말인지 모르겠습니다."

"변명을 하겠다는 건가?"

"변명이 아니라 호법께서 무슨 말을 하는 것인지 알지를 못하는 것입니다."

서문빙이 답답한 얼굴로 말했지만 돌아오는 것은 차가운 비웃음뿐이었다.

"역시 그렇게 대답할 줄 알았지. 원래 도둑놈은 절대 제 놈이 도둑놈이라 토설하지 않는 법이거든."

서문세가가 한낱 도둑놈으로 전락하는 순간, 서문빙은 필사적으로 인내하며 말했다.

"말… 이 심하십니다."

"아니, 전혀. 네놈과 이렇게 대화를 나누는 것 자체가 고역이며 고통이다."

서문빙을 잡아먹을 듯 쏘아보는 주소광의 말투나 태도에서 더 이상의 정중함은 찾아볼 수가 없었다.

"그렇게 정의맹이 탐나는 겁니까?"

"무슨 개소리냐?"

"지금 벌이는 짓. 이 모든 것이 정의맹에서 본 가를 밀어내려 함이 아닙니까? 참으로 치졸하오!"

서문빙의 외침에 주소광이 광소를 터뜨렸다.

"크하하하하!"

미친 듯이 웃어젖히던 주소광의 얼굴에서 조금씩 미소가 걷혔다.

"끝까지 발뺌을 하려는구나. 하긴, 그런 음험함과 뻔뻔함이 있었으니 지금껏 어둠 속에서 무림을 농락한 것이겠지. 좋다. 그럼 한 가지만 물어보자. 네놈이 말한 고작 그따위 이유라면, 어째서 남궁세가와 제갈세가가 우리와 함께한다고 생각하느냐?"

"그, 그건……."

서문빙은 일순 말이 막혔다. 남궁세가는 그렇다 쳐도 제갈세가가 움직인 것은 서문세가에서도 도저히 이해를 하지 못하고 있었다.

"은선곡을 모른다고는 하지 않겠지?"

"그, 그걸 당신이 어떻게……."

서문빙이 당황하자 주소광이 살소를 지었다.

"제갈세가는 일찌감치 네놈들의 정체를 눈치채고 있었다. 은선곡은 제갈세가가 지울 것이다. 그리고 네놈들은 우리가 지울 것이다."

주소광이 천천히 검을 빼 들었다. 그러고는 외쳤다.

"지금 이 순간, 서문세가라는 더러운 탈을 쓴 개천회를 지운다. 모두 공격하랏!"

명을 내린 주소광이 서문빙에게 달려들었다. 하지만 서문빙은 제대로 대처를 하지 못했다.

개천회라는 말도 안 되는 단어가 그의 뇌리를 후려치고 있었기 때문이다.

"시작되었습니다."

"그래? 그럼 우리도 가볼까?"

수하의 보고에 편안히 앉아 휴식을 취하고 있던 당령이 얼굴에 면사를 드리우고 일어났다.

그녀가 몸을 일으키자 주변에 대기하고 있던 당가의 무인들 역시 일제히 자리에서 일어났다. 숫자는 대략 삼십 정도. 서문세가를 공격하는 세력 중 가장 규모가 작았지만, 당령이 란 존재 앞에 규모는 무의미했다.

신속하게 이동한 당령 일행은 일각이 되지 않아 서문세가의 북문에 도착했다. 싸움이 이미 시작되었다는 보고가 있었지만 북문은 상대적으로 조용했다.

당령이 북문을 향해 손을 뻗었다. 그녀의 손에서 흘러나오는 녹색 기류가 정문을 산산조각 냈다.

"귀한 목숨 함부로 하지 말고 적당히들 상대해. 우리가 굳이 열심히 싸우지 않아도 미쳐 날뛸 인간들 많으니까."

당령이 수하들에게 간단한 주의를 주며 문을 통과하자 북문을 지키고 있던 이들이 일제히 달려들었다.

"하지만 이렇게 주제도 모르고 달려드는 놈들은 살려둘 필요가 없지."

차갑게 중얼거린 그녀의 전신에서 녹색 기운이 피어오르더니 삽시간에 주변을 장악했다. 그녀를 향해 달려들다 기운에 노출된 이들은 저마다 목을 부여잡고 비틀거리더니 칠공에서 검은 피를 쏟아내며 숨이 끊어졌다.

"호호호! 서문… 아니지. 천하를 도모하는 개천회의 수족들 치고는 너무 쉽잖아."

깔깔대며 시신을 넘는 당령의 모습 어디에도 긴장감이나 두려움이 없었다.

*   *   *

"쳐랏!"

힘찬 외침과 더불어 창궁단을 이끌고 있는 남궁기의 신형이 앞으로 쏘아졌다.

창궁단의 무인들이 남궁기를 따르며 일제히 함성을 내질렀다. 거대한 함성이 노도가 되어 서문세가를 뒤덮었고 그들이 내뿜는 살기에 하늘마저 얼어붙었다.

남궁세가를 공격하고 잿더미로 만든 마련의 배후에 개천회가 있다는 것은 이미 널리 알려진 사실. 게다가 개천회의 음모로 인해 천마동부에서도 많은 식솔들이 목숨을 잃었으니 개천회에 대한 남궁세가의 원한은 말로 표현할 수가 없을 정도다. 한데 개천회의 정체가 밝혀졌다. 다른 어떤 세력보다 광분하는 것은 당연한 일이었다.

창궁단의 공격에 서문세가도 재빠르게 반응했다.

정면에서 밀고 오는 혁련세가나 황산진가의 무인들도 대단했지만 남궁세가에 비할 바는 아니다. 게다가 계속되는 마련과의 싸움으로 제대로 담금질이 되어 있었다.

은거를 깨고 직접 전장에 나선 서문룡은 호오단으로 하여

금 남궁세가를 막도록 했다.

동생에게 가주의 자리를 빼앗긴 서문후가 절치부심하여 키우고 있는 호오단의 힘은 서문세가에서 단연 으뜸. 남궁세가와 능히 자웅을 겨룰 수 있으리라 판단했다.

서문룡의 예상은 적중했다.

그야말로 용호상박(龍虎相搏)이라 할 수 있었다.

개개인의 싸움은 물론이고, 집단과 집단으로 벌어지는 싸움 역시 우열을 가리기 힘들 정도였다.

창궁단은 원한을 갚기 위해, 호오단은 서문세가를 지키기 위해 죽을힘을 다해 싸웠다.

싸움이 치열한 만큼 양측의 피해도 컸다.

싸움이 벌어진 지 얼마 되지 않아 거의 사십 명이 넘는 인원이 목숨을 잃었다.

그러나 팽팽하게 이어지던 승부는 생각보다 빠르게 기울었다.

남궁세가는 천마동부에서 많은 식솔들을 잃었지만 그곳에서 검존이 남긴 무공 비급을 얻었다.

사 년 가까이 지난 지금, 검존의 무공을 완벽하게 익혀낸 세 명의 기재가 남궁세가에서 탄생했다. 그중 한 명이 창궁단을 이끌고 있는 남궁기다.

남궁기는 당시 개천회가 팠던 함정에서 살아남은 몇 안 되는 인물로, 그곳에서 부친을 잃은 원한이 있다.

남궁기는 무시무시한 살기를 뿜어내며 전장을 휩쓸었다.

호오단주 서문후가 어떻게든 남궁기를 막으려고 애를 써봤지만 역부족이었다. 검존의 무공을 완벽하게 익혀낸 남궁기의 실력은 마련의 실력자들마저 두려워할 정도였다. 서문후가 서문세가를 대표할 정도로 뛰어난 무공을 지녔다고는 해도 그 차이가 상당했다.

서문후가 일각을 버티지 못하고 쓰러지자 더 이상 남궁기를 막을 사람이 없었다.

남궁기의 검이 번뜩일 때마다 호오단의 무인들이 피를 뿌리며 쓰러졌다. 그를 막기 위해 몇몇이 무리를 지어 달려들었지만 소용없었다. 덤비는 족족 모조리 몰살을 당하고 말았다.

호오단이 무기력하게 쓰러지면서 전장의 한 축이 완전히 무너졌다.

"안 되겠습니다. 퇴각해야 합니다, 아버님. 이러다 전멸을 당합니다."

서문진이 하얗게 질린 얼굴로 다가와 소리쳤다.

"무슨 헛소리냐? 퇴각은 없다."

서문룡이 노해 소리쳤다.

"북문도 무너졌습니다. 더 이상 시간을 지체하면 빠져나갈 길이 없습니다."

서문진의 호소에 서문룡은 코웃음을 쳤다.

"어리석은 놈. 본 가를 죽이기 위해 강남무림이 뭉쳤다. 빠져나갈 수 있다고 믿는 거냐?"

"하, 하지만……."

"전에도 말했다만 본 가에게 있어 퇴로는 없다. 기색을 보아하니 항복을 해도 받아들여 줄 것 같지가 않구나."

씁쓸하게 고개를 젓는 서문룡을 향해 한참을 망설이던 서문진이 이를 악물고 말했다.

"하면 항… 복을 하는 것이……."

서문진은 말을 잇지 못했다. 서문룡이 무시무시한 눈길로 쏘아봤기 때문이다.

"네 녀석이 본 가의 가주라는 것에 감사해라. 아니면 당장 목을 쳤을 것이다."

애써 분노를 억누른 서문룡이 꼴 보기 싫다는 얼굴로 고개를 돌릴 때였다. 그를 향해 한 줄기 기운이 밀려왔다.

서문룡이 천천히 몸을 돌렸다.

이십여 장 떨어진 곳, 호오단을 주살하던 남궁기가 그를 바라보고 있었다.

"음."

서문룡의 입에서 나직한 신음이 흘러나왔다.

이십여 장을 격하고 전해지는 살기에 온몸의 털이 곤두섰다.

"남궁… 세가는 남궁세가라는 건가."

서문룡은 마련에 밀려 철저하게 몰락할 뻔했던 남궁세가에서 새롭게 탄생한 인재를 보며 부러운 마음을 감추지 못했다.

"공격! 공격하랏!"

연이은 승리에 주소광이 광소를 터뜨리며 소리쳤다.

서문세가를 공격하던 정의맹의 무인들은 승리가 눈앞에 있자 완전히 기세를 탔다. 주소광의 외침에 호응하여 일제히 함성을 내지르며 더욱 강력하게 압박을 했다.

배수의 진을 치고 맞서 싸우는 서문세가의 무인들 역시 물러서지 않고 처절하게 대항했다.

하지만 애당초 병력의 차이나 사기 면에서 현격한 차이가 났다. 서문룡과 함께 지금의 서문세가를 만들었다고 해도 과언이 아닌 전대 장로들의 헌신적인 노력이 있기에 그나마 지금까지 견뎌낸 것이었다.

특히 전대장로 백발검호(白髮劍豪) 서문우의 실력은 단연 압도적이었다.

그는 딱히 어느 곳을 정하지 않고 전장을 헤집고 다니며 대활약을 펼쳤다. 수도 없이 많은 세가의 무인들이 그의 도움으로 목숨을 구원받았고, 그 이상의 적들이 그의 검에 목숨을 잃었다. 기세 좋게 덤볐던 황산진가의 장로도, 주소광을 도와 정의맹을 이끌던 혁련세가의 장로도 서문우의 기세를 꺾지 못했다.

만약 뒤늦게 전장에 도착한 당령이 그를 막아서지 않았다면 그의 활약은 계속 이어졌을 것이다. 결국 당령에 의해 백발이 붉게 물들 때까지 싸웠던 서문우의 검이 꺾이고, 서문우의 죽음에 분기탱천하여 달려들었던 서문종까지 그녀에게 목숨을 잃으면서 사실상 끝이 났다.

"이제 저 노물의 목만 치면 끝이로군."

주변을 둘러보던 주소광이 당령을 맞아 힘겹게 싸움을 이어가는 서문룡을 바라보며 웃음을 터뜨렸다.

"확실히 대단하군요."

주소광 곁을 지키고 있던 혁련승이 서문룡을 몰아붙이는 당령을 보며 미간을 찌푸렸다.

"그렇지. 대단해. 한데 표정이 왜 그런가?"

혁련승의 표정이 좋지 않은 것을 본 주소광이 의아한 얼굴로 물었다.

"어린 계집이 당가의 가주가 되었을 때 다들 당가의 운명은 끝이라고 생각했지요. 하나, 놀랍지 않습니까. 저런 무위라니. 독중지성의 경지에 이르렀다는 말이 헛소문이 아니었습니다."

혁련승은 당령으로 인해 당가가 다시금 전성기를 맞이할 것이라 예상했다.

"장기적으로 볼 때 혁련세가에 그다지 바람직한 일은 아닙니다."

"그럴 수도 있겠군. 어쨌거나 지금은 도움이 되지 않는가. 당가의 도움이 아니었으면 제법 시간이 걸릴 뻔했어."

"예, 그건 그렇고 조금 이상하지 않습니까?"

혁련승이 전장을 살피며 고개를 갸웃거렸다.

"뭐가 또 말인가?"

주소광이 조금은 짜증 섞인 음성으로 물었다.

"제가 지금껏 들어온 개천회의 실력이 아닙니다. 몇몇 뛰어난 인물이 있기는 했지만 천문동부나 여타 다른 곳에서 군웅들을 압살했을 때 들었던 개천회는 이런 모습이 아니었습니다."

"그런… 가? 잘 못 느끼겠는데."

주소광이 다소 시큰둥한 얼굴로 말했다.

"아니요. 확실히 이상합니다."

혁련승이 확신에 찬 어조로 말했다.

"워낙 창졸간에 이뤄진 기습이라 그런 것이 아닐까? 이곳저곳에 벌려놓은 일이 많을 것이고, 그만큼 병력이 흩어져 있을 테니까."

"일리가 있기는 합니다만……."

고개를 끄덕이고는 있었으나 혁련승은 그다지 수긍하는 표정은 아니었다.

바로 그때였다.

"호법님!"

후미에서 주소광을 다급히 부르는 소리가 들려왔다.

주소광과 혁련승이 몸을 돌리자 수하들이 피투성이가 된 사내를 업은 채 달려오고 있었다.

"누구냐?"

주소광이 물었다.

"제갈세가에서 온 자 같습니다."

"제갈세가?"

주소광이 당혹스러운 얼굴로 사내를 바라보았다.

미약한 숨결, 축 늘어진 몸뚱이.

한눈에 보아도 심각한 부상을 당한 것 같았다.

"자네, 제갈세가의 식솔인가? 제갈세가에 무슨 일이라도 벌어진 것인가?"

주소광의 물음에 피투성이가 된 사내가 힘겹게 눈을 떴다.

"함, 함정……."

"함정? 함정이라니?"

혁련승이 딱딱히 굳은 얼굴로 물었지만 사내는 대답하지 않았다.

"개천회… 몰살을……."

사내, 비응단의 최고 요원이라는 사도진은 끝까지 말을 잇지 못하고 고개를 떨궜다.

"이런!"

깜짝 놀란 주소광이 사도진의 몸을 살폈다. 하지만 사도진은 이미 숨이 끊어진 상태였다.

"제갈세가가 어디를 공격하기로 했지?"

사도진의 죽음을 확인한 주소광이 낭패한 얼굴로 물었다.

"은선곡입니다. 서문세가에서 은밀히 힘을 키우고 있다는 곳이지요."

"놀랍군. 제갈세가의 전력이 만만치는 않은데 몰살이라니."

"제가 말씀드리지 않았습니까. 아무래도 이상하다고요. 어쩌면 이곳이 아니라 은선곡이 개천회의 본거지일 가능성이 있습니다."

혁련승이 자신도 모르게 목소리를 높였다.

"흥분하지 말게. 일단 확인을 해봐야……."

난데없이 들려온 비명에 주소광의 말이 끊어졌다.

후미에서 등장한 정체 모를 집단. 갑작스레 싸움에 끼어든 그들로 인해 서서히 마무리가 되어가던 전장에 다시금 불이 붙었다.

"지원군이다. 지원군이 도착했다."

은선곡에서 은밀히 키우고 있던 자들이 도착했음을 깨달은 서문진이 목이 터져라 소리쳤다.

"크하하하핫!"

엄청난 광소를 터뜨리며 전장에 난입한 육잠이 손에 든 도끼를 마구잡이로 휘두르기 시작했다.

우내오존 중 일인인 파천신부의 무공을 이어받은 육잠.

그가 한번 도끼를 휘두를 때마다 서너 명의 무인들이 허무하게 목숨을 잃었다. 어깨를 나란히 하고 움직이는 위지허의 무공은 더욱 가공했다. 그의 칼끝에서 쏟아지는 육도마존의 절기에 제대로 대항하는 사람이 없을 정도였다.

육잠과 위지허의 뒤를 이어 전장에 뛰어든 개천단원들의 활약 또한 대단해서 정의맹 후미가 순식간에 무너져 내렸다.

"저, 저자들은!"

혁련승이 육잠과 위지허를 보며 온몸을 부르르 떨었다.

"아는 자들인가?"

"개천회! 천마동부에서 군웅들을 주살했던 바로 그 노물들입니다."

혁련승은 생사의 경계에서 간신히 목숨을 구했던 당시의 상황을 떠올리며 주먹을 꽉 움켜쥐었다.

육잠과 위지허를 알아본 사람은 혁련승뿐만이 아니었다.

위지허의 등장에 그에게 부친을 잃은 남궁기가 분기탱천하여 달려왔다.

　　　　　*　　　　　*　　　　　*

"형님."

밖에서 들려오는 음성에 홀로 술잔을 기울이던 풍월이 반가운 표정을 지었다.

"들어와."

문이 열리고 술병과 간단한 안주가 담긴 접시를 든 형웅이 들어왔다.

"아직까지 안 자고 웬일이야?"

약간 퉁명스러운 말투와는 달리 표정은 반기는 기색이 역력했다.

"잠깐 잠이 깼는데 불이 켜져 있는 걸 보고 왔습니다."

형웅의 대꾸에 풍월이 피식 웃었다.

우연처럼 말을 하지만 그렇지 않다는 것은 그의 손에 들린 술병과 안주를 보면 알 수 있었다.

"아무튼 왔으면 앉아. 그렇잖아도 술이 부족하다 싶었는데 잘됐네."

풍월이 빈 술병을 흔들며 웃었다.

자리에 앉은 형웅은 별다른 말 없이 풍월의 잔에 술을 따랐다.

풍월이 몇 잔의 술을 비웠을 때 형웅이 조심스레 입을 열었
다.

"많이 심란한 모양입니다."

"그래 보여?"

"예."

찰나의 망설임도 없는 대답에 풍월이 쓴웃음을 지었다.

"신경을 안 쓰려고 하는데 그게 쉽지는 않다. 솔직히 좋은
감정이 남아 있지도 않은데… 핏줄이란 게 참 그러네."

"당연한 것 같은데요. 그래도 본가니까요."

"본가라… 그렇지. 머리로는 아무런 의미가 없다고 생각하
는데 몸에 흐르는 피는 그렇지 않은가 보다."

"그런데 정말일까요?"

형웅이 풍월이 비운 잔에 술을 따르며 물었다.

"뭐가?"

"서문세가가 개천회라는 것이요. 아무리 생각해도 믿기지가
않아서요."

"믿기지 않는 건 나도 마찬가지다. 예전에 세가를 방문했을
때 전체적으로 만만치 않은 곳이란 생각을 하기는 했지만 개
천회라니. 아무리 생각해도 그 정도는 아니었는데 말이야. 일
전에 너도 확인했잖아."

"제가… 요?"

형웅이 눈을 동그랗게 뜨고 되물었다.

"기억 안 나? 내가 휘 형님한테 대놓고 물어본 적이 있잖아. 서문세가와 개천회의 관계에 대해서. 네가 그때 휘 형님의 행동을 감시했었고."

그제야 기억을 떠올린 형웅이 크게 고개를 끄덕였다.

"아! 기억납니다. 그랬지요. 확실히 이상한 점은 찾지 못했습니다. 그분이 접촉했던 다른 사람들까지 포함해서요."

"혹시 우리가 놓친 게 있는 것이 아닐까?"

"글쎄요. 그건 아닌 것 같은데요."

형웅이 고개를 저었다.

"그렇지? 하지만 하오문이 지목한 이상 믿지 않을 수가 없는 상황이잖아. 일전에 정무련에 숨어든 개천회의 간자를 밝혀내기도 했고. 더구나 제갈세가가 인정을 했다면 그렇다고 보는 것이 옳겠지. 정의맹이 생겨났을 때부터 의심했던 제갈세가였으니까."

풍월은 다른 하오문의 정보 자체보다는 제갈세가가 하오문의 정보를 인정했다는 사실에 믿음을 보냈다.

"한데 서문세가가 개천회라고 했을 때, 저들이 감당할 수 있을까요?"

"무슨 소리야?"

"아시잖아요. 개천회에 얼마나 뛰어난 고수들이 많은지. 천마동부에 모였던 군웅들의 실력이 약한 것도 아니었는데 학살을 당하다시피 했고. 만약 서문세가가 정말 개천회라면 어지간한 준비로는 상대하지 못할 텐데요."

"자신이 있으니까 공격을 하겠지. 정의맹의 힘에 남궁세가가 움직였다면 정무련도 힘을 보탠다는 말이니까. 제갈세가도 움직이겠고. 왜, 걱정돼?"

"어째 믿음이 안 가서요."

풍월이 살짝 미간을 찌푸리는 형응을 보며 껄껄 웃었다.

"그걸 노파심이라고 하는 거다. 잘되겠지. 쓸데없는 소리 말고 술이나 받아."

풍월이 형응의 잔에 술을 채울 때였다.

"궁주님."

문밖에서 나직한 음성이 들려왔다.

"들어와."

문이 열리고 위지평이 조심스레 들어왔다.

"무슨 일이야?"

"이상한 놈이 궁주님을 찾아왔습니다."

"이상한 놈? 아니, 그보다 나를? 이 새벽에?"

풍월이 황당한 눈으로 위지평을 보았다.

"예, 조금 전, 경계를 서는 녀석들이 거지꼴을 한 사내를 잡았다고 합니다. 이곳 주변을 기웃거리며 염탐하는 놈이 있어 마련의 잔당이 아닐까 하여 잡았다고 하는데 자신은 마련의 간자가 아니라 하오문주가 보낸 전령이고 궁주님께 전해야 할 것이 있어 찾아왔다고 한답니다. 궁주님을 뵙게 해달라고 떼를 쓰고요."

"하오… 문?"

고개를 갸웃거리던 풍월은 하오문에서 정의맹과 남궁세가에 전령을 보냈다는 것을 떠올렸다. 같은 생각을 한 것인지 형응이 재빨리 말했다.

"하오문에서 형님께도 전령을 보낸 것 같습니다. 당금 무림에서 누구보다 개천회와 척을 진 사람이 형님이니까요."

"그런 것 같지?"

"예."

"그자를 이곳으로 데리고 와라. 만나봐야겠다."

"알겠습니다."

명을 받고 물러난 위지평은 반 각도 되지 않아 거지꼴을 한 사내를 데리고 돌아왔다.

방으로 들어선 사내가 불안감을 감추지 못하고 두리번거리자 위지평이 살기 어린 음성으로 말했다.

"궁주님께 예를 갖춰라."

화들짝 놀란 사내가 얼른 무릎을 꿇고 머리를 조아렸다.

"하, 하오문의 번옥이 구, 궁주님을 뵙습니다."

"본 궁의 사람도 아닌데 그렇게 예를 차릴 필요는 없습니다."

가볍게 웃은 풍월의 손짓에 번옥의 무릎이 저절로 펴졌다.

"하오문에서 왔다고 했습니까?"

"그, 그렇습니다."

"하오문에서 무슨 일로 나를 찾은 겁니까?"

풍월의 물음에 그때까지 불안감에 떨던 번옥의 표정이 확 변했다.

"문주님을, 하오문을 살려주십시오, 궁주님."

번옥이 다시금 무릎을 꿇고 납작 엎드렸다. 풍월의 미간이 저절로 찌푸려졌다. 하오문에서 온 전령이 자신의 생각과는 어딘지 달랐기 때문이다.

"하오문이 큰 곤경에 처했다는 것을 알고 있습니다. 하지만……."

풍월은 이미 늦지 않았느냐는 말은 차마 하지 못했다.

"도와주십시오, 궁주님. 오직 궁주님만이 하오문을 살려주실 수 있습니다."

행여나 거절을 당할까 번옥은 거의 울부짖다시피 하며 연신 머리를 조아렸다.

"솔직히 이해를 하지 못하겠습니다. 하오문에서 내게 전령을 보낸 이유가 개천회 때문이 아니었습니까?"

"마, 맞습니다. 놈들에게 총단이 당하고 문주님과 원로님들께서……."

"잠시요."

풍월이 손을 들어 번옥의 말을 잘랐다.

"하오문의 총단이 무너졌다는 것은 알고 있습니다. 개천회의 정체를 밝혀냈기에 그런 고초를 당했다는 것도요. 어쨌건 하오문에서 놈들의 정체를 알아내고 그 정보를 남궁세가와 정의맹에 알린 덕에 다들 서문세가, 아니, 개천회를 치기 위해 움직였습니다. 그리고 내게도 전령이 왔군요. 한데 남궁세가와 정의맹으로 보낸 전령과는 조금 다른 것 같습니다."

풍월의 말에 번옥이 오히려 어리둥절한 표정을 지었다.

"서, 서문세가가 개천회였습니까? 아, 아니, 그보다 본 문에서 그것을 알아냈다고 하셨습니까?"

"하오문에서 남궁세가와 정의맹으로 전령을 보내 서문세가가 개천회임을 알려왔다고 합니다. 정의맹에서 암약하던 간자들의 정체까지도. 아닌가요?"

풍월의 음성이 절로 심각해졌다.

"잘 모르겠습니다. 본 문이 개천회를 쫓고 있는 것은 맞습니다. 정무련에 침투한 간자들 몇몇을 밝혀내는 성과도 올렸고요. 하지만 제가 문주님의 명으로 궁주님을 뵈러 올 때까지만 해도 개천회의 정체는 밝혀내지 못했습니다."

풍월과 형응의 표정이 딱딱하게 굳었다. 뭔가 잘못되어도 단단히 잘못되고 있음을 느낀 것이다.

"아우야."

"예, 형님."

"나만 이상한 거냐?"

풍월의 물음에 형웅이 강하게 고개를 저었다.

"아니요. 저도 이상합니다."

"그렇지? 만약에 하오문에서 개천회의 정체를 밝혀낸 것이
아니라면 어찌되는 거냐? 아니, 애당초 남궁세가나 정의맹에
전령을 보낸 것이 하오문이 아니라면?"

심각하게 고민하던 형웅이 입을 열었다.

"낚인 거지요. 그것도 제대로."

"그렇겠지? 그리고 그런 낚시를 할 만한 놈들이라면……."

"개천회뿐이겠지요."

형웅이 단정 짓듯 말했다.

"정의맹 내부에서 일어나는 권력 다툼일 수도 있는 것 아닐
까? 서문세가를 견제하기 위해 혁련세가나 사마세가가 작심하
고 일을 꾸민 것일 수도 있잖아."

풍월의 의문에 형웅이 단호히 고개를 저었다.

"남궁세가와 제갈세가도 움직였습니다. 그들까지 끌어들여
서 서문세가를 치기엔 부담이 너무 큽니다."

"그래, 나도 그렇게 생각한다. 결국 개천회 놈들이 정의맹을

박살 내기 위해 일을 꾸몄을 가능성이 높다는 말이네."

"예, 서문세가가 잘못되면 정의맹의 힘은 급격히 쪼그라들 겁니다. 아니, 아예 와해가 될 수도 있겠네요. 어찌되었거나 아군을 친 셈이니까요."

"게다가 서문세가는 제갈세가에서도 의심을 하고 있었으니 미끼로 쓰기엔 그만한 곳이 없을 테고."

"예, 그랬으니 제갈세가에서도 쉽게 속았을 겁니다."

풍월과 형웅이 서문세가에 닥친 위기를 개천회가 꾸민 음모라 여기는 모습을 보이자 이에 괜히 불안감을 느낀 번옥이 슬며시 끼어들었다.

"그렇게 단정을 지으실 일은 아닌 것 같습니다. 제가 모든 것을 알고 있는 것은 아니니까요. 전 그저 문주님의 명을 받고 구원 요청을 하기 위해 궁주님을 찾아온 전령에 불과합니다. 그 정도의 대외비라면 윗분들만 알고 계실 가능성이 높고 또한 제가 떠난 이후에 벌어진 일일 수도 있고요."

"단정 짓는 건 아닙니다. 그럴 가능성이 있다고 생각했을 뿐입니다. 한데 구원 요청이라면 아직 무사하신 겁니까? 총단이 초토화가 된 것으로 아는데요."

"맞습니다. 개천회 놈들이……."

이를 부득 간 번옥이 흥분을 간신히 억누르고 말을 이었다.

"하지만 문주님을 비롯해서 여러 어르신들께선 무사히 몸을 피하셨습니다."

"아, 참으로 다행입니다."

풍월은 하오문의 수뇌부들이 무사하다는 소식에 진심으로 기뻐했다.

"한데 어째서 구원을 요청하는 겁니까?"

"개천회 놈들의 마수에서 벗어나긴 하셨지만, 몸을 피하신 곳에서 나오실 수가 없기 때문입니다."

"예?"

풍월이 황당함을 감추지 못하고 되물었다.

"그러니까……."

번옥은 하오문의 수뇌부들이 개천회의 공격을 피하기 위해 천뇌곡에 들어간 사연을 구구절절 늘어놓았다.

말이 자꾸만 중복된다고 여긴 풍월이 그의 말을 끊으며 물었다.

"그러니까 그 천뇌곡이라는 곳이 외부의 그 어떤 공격도 물리칠 수 있지만 밖으로도 빠져나올 수 없다는 말이군요. 맞습니까?"

"예, 그렇습니다."

풍월이 형웅에게 고개를 돌리며 물었다.

"진법 같지?"

"예, 천뇌곡이라는 곳 전체에 알 수 없는 기진이 설치되어 있는 것 같습니다."

"놀라운 건 개천회에서도 깨뜨릴 수 없을 정도로 견고한 진법이라는 거야. 대체 어떤 절진이 설치되어 있기에……."

놀라움을 감추지 못하던 풍월이 갑자기 말끝을 흐렸다.

"천뇌… 곡이라. 그 절진을 누가 설치했는지는 모르는 겁니까?"

"그건 잘… 아, 이런 실수를! 문주님께서 이것도 전하라 하셨습니다."

번옥이 허둥지둥 품을 뒤졌다.

품에서 나온 것은 책 한 권 두께의 상자였다. 비단 천과 기름종이로 밀봉하다시피 한 상자를 열자 빛바랜 고서 하나와 반으로 접힌 서찰 한 장이 나왔다.

천뇌비록(天腦秘錄)

고서에 적힌 제목을 보는 풍월의 몸이 자신도 의식하지 못하는 사이에 살짝 떨렸다.

번옥이 풍월에게 서찰을 전했다.

서찰을 받아 든 풍월이 심호흡을 하며 반으로 접힌 서찰을 천천히 펼쳤다.

서찰의 내용은 실로 간단했다.

도화원(桃花園)의 연자여!
혼천환상겁륜대진(渾天幻像劫輪大陣)을 기억한다면 천뇌곡으로
오라.

풍월이 기겁한 표정으로 벌떡 일어났다.
"천뇌마존!"
홀로 도화원을 빠져나간 천뇌마존의 흔적이 수백 년의 세
월을 뛰어넘어 풍월에게 이어졌다.

                  *   *   *

"크헉!"
단말마의 비명과 함께 위지허와 치열한 싸움을 펼치던 남
궁기의 신형이 오 장을 날아가 처박혔다.
몇 번이나 일어나려고 애를 쓰던 남궁기는 결국 한 사발이
넘는 피를 토한 후 정신을 잃고 쓰러졌다. 지금 당장 숨이 끊
어지지는 않았으나, 분명 목숨을 걱정해야 할 정도로 큰 부상
이었다.
"형님!"

"오라버니!"

서문세가의 전대 장로들을 압살하고 있던 남궁결과 남궁혜가 깜짝 놀라 달려왔다. 남궁기와 더불어 검존의 무공을 익혀낸 쌍둥이 남매였다.

남궁결이 위지허의 앞을 가로막으며 공세를 펼치고, 남궁혜가 쓰러진 남궁기를 향해 달려갔다.

"형님은 어때?"

남궁결이 공세를 펴는 와중에 물었다.

"안 좋아. 당장 치료를 받아야 해."

남궁혜가 남궁기를 안아 들며 말했다. 그녀의 표정엔 혼자서 위지허를 감당할 수 있느냐는 걱정이 가득 담겨 있었다.

"여긴 나한테 맡기고 빨리 가서 형님을 구해."

잠시 망설이던 남궁혜가 고개를 끄덕였다.

"바로 올게."

남궁결은 그녀의 대답도 듣지 않은 채 위지허를 향해 맹공을 펼치고 있었다.

위지허는 성난 파도처럼 들이치는 남궁결의 공격에 연신 뒷걸음질 쳤다. 목숨을 걱정해야 할 정도로 위험한 상황은 아니었으나 반격의 실마리를 찾기가 힘들 정도로 공격이 날카로웠다.

'남궁세가의 저력이 실로 대단하구나.'

무려 백여 초의 공방을 펼쳤던 남궁기에 이어 이제는 남궁결까지.

위지허는 남궁세가가 어째서 수백 년 동안 강남 맹주의 지위를 놓치지 않았는지 뼈저리게 느낄 수 있었다. 그나마 다행이라면 조금 전 상대했던 남궁기보다는 남궁결의 실력이 약간 떨어진다는 것. 하지만 남궁결의 나이가 이제 겨우 스물 초반이라는 것을 감안했을 때 실로 말도 안 되는 실력이라 할 수 있었다.

'하긴, 더 괴물 같은 놈도 있으니까.'

위지허는 어느새 천하제일인으로 불리는 풍월의 모습을 떠올리며 쓴웃음을 지었다.

'그나저나 마무리를 지어야 할 때인데.'

위지허가 차분히 전장을 살폈다.

개천단의 위세는 여전했지만 정의맹의 필사적인 대응에 그 활약이 조금씩 약해지고 있었다. 숫자도 제법 줄었다. 물론 개천단 주변으론 거의 세 배에 이르는 인원이 쓰러져 있었다.

결정을 내린 위지허가 맹공을 퍼붓던 남궁결의 허점을 교묘하게 파고들어 역공을 가한 뒤 휘파람을 불었다. 정신없이 날뛰고 있던 개천단이 위지허의 휘파람에 곧바로 반응했다.

"회주님을 구하라!"

세가가 떠나가라 외친 위지허가 당령과 혈전을 벌이고 있
는 서문룡을 향해 내달리자 흩어져 있던 개천단이 일제히 따
라붙었다.

"마, 막아랏! 놈들을 막아!"

주소광이 악을 쓰며 소리쳤지만 한데 뭉쳐 움직이는 개천단
의 파괴력은 막강했다.

누구보다 빨리 당령 앞에 선 사람은 육잠이었다.

당령의 독에, 그리고 독보다 더욱 지독한 공격에 당해 피투
성이가 된 채 비틀거리는 서문룡의 앞을 막아선 육잠이 당령
을 향해 강력한 일격을 날렸다.

설마하니 육잠이 그토록 강력한 공격을 할 줄은 몰랐던 당
령이 황급히 장력을 뿌리며 몸을 피했다.

다급히 펼쳐낸 장력 덕분에 공격을 막아내기는 했지만
부지불식간에 당한 공격이라 전신에 상당한 충격이 전해졌
다.

만약 제때에 반응을 하지 못했다면 큰 부상을 당했을 터였
다. 어쩌면 목숨을 잃었을 수도 있다.

독중지성의 경지에 이르러 몸이 금강불괴에 이르렀다고는
하나 육잠의 공격은 금강불괴라도 단숨에 파괴해 버릴 만큼

무섭고 위력적이었다.

'저 늙은이가?'

당령이 독기 가득한 눈빛으로 육잠을 쏘아보았다.

그녀는 육잠의 공격에 담긴 살기를 느꼈다. 개천회와 은밀히 맺은 합의 따위와는 상관없이 여차하면 죽여 버리겠다는 태도였다.

저절로 살심이 일었다. 그녀가 살기를 품자 그녀 주변을 휘감고 있는 녹색 기류가 한층 진해졌다.

당령의 변화를 예민하게 받아들인 육잠이 황급히 몸을 돌려 서문룡을 낚아챘다.

"회주님이 위험하시다. 어서 길을 뚫어라."

육잠이 서문룡의 신병을 확보한 것을 확인한 위지허가 다시금 외쳤다.

능곡이 이끄는 개천단이 쐐기 형태로 돌진했다. 정의맹이 포위망을 구축하고 있지만 손쉽게 뚫렸다.

능곡에게 서문룡을 넘긴 육잠이 후미를 책임지고 있는 위지허에게 다가왔다.

남궁결과 남궁혜가 필사적으로 공격을 해왔지만 그들의 방어망을 뚫지는 못했다. 그들 남매가 검존의 무공을 익혔듯 육잠과 위지허 역시 어쩌면 우내오존보다 한수 위의 실력을 지닌 팔대마존의 무공을 익혔기 때문이다.

서문룡을 구해낸 개천단은 등장할 때와 마찬가지로 폭풍과 같은 움직임으로 사라졌다. 남궁세가를 중심으로 추격대가 쫓고 있었으나 그들을 잡을 가능성이 많지 않다는 것은 모두가 느끼고 있었다.

"단 한 놈도 살려두지 마라!"

서문룡이 도망친 것을 확인한 주소광이 이를 부득 갈며 소리쳤다. 느닷없이 전장에 난입한 개천단에 무수히 많은 동료를 잃은 정의맹 무인들의 분노가 대부분의 수뇌들을 잃고 어쩔 줄을 몰라 하는 서문세가 무인들에게 쏟아졌다.

*   *   *

개천회의 정체가 서문세가였으며, 이를 인지한 정의맹과 남궁세가 등의 공격으로 멸문지화를 당했다는 소식에 무림은 엄청난 충격에 휩싸였다.

대부분의 사람들은 무림을 장악하려는 음모를 꾸며온 개천회의 몰락에 대환영을 했지만, 몇몇 사람들은 의심의 눈길을 보냈다.

서문세가의 성장이 빠르기는 했지만 그동안 개천회가 보여준 압도적인 전력에 비할 바가 아니며, 비록 정의맹과 남궁세를 필두로 한 정무련의 합공을 받았다고 해도 너무 쉽게 무너졌다는 것이다. 심지어 정의맹 내에서의 세력 확장을 위해 사마세가나 혁련세가가 이번 일을 꾸민 것일지도 모른다는 음모론도 제기되었다.

하지만 정보의 출처가 하오문이며, 전 무림에 걸쳐 하오문이 초토화된 이유가 정보 유출을 막기 위한 개천회의 공격 때문이라는 사실이 알려지면서 음모론은 이내 힘을 잃었다.

음모론이 힘을 잃자 반대로 개천회를 몰락시킨 정의맹과 남궁세가에 대한 칭송은 하늘 높은 줄 모르고 치솟았다.

특히 천마동부에서 당시 천하제일을 논하던 풍월을 패퇴시켰던 위지허와 막상막하의 대결을 펼친 남궁기를 비롯해 서문세가의 전대 장로들을 주살한 남궁결, 남궁혜 남매에 대한 칭송이 줄을 이었다.

편하지 못한 관계임에도 남궁세가에게 손을 내미는 결단을 함으로써 개천회를 말살하는 데 결정적인 역할을 한 정의맹주에 대한 칭송 또한 대단했다.

하지만 개천회 토벌에 참여를 했음에도 제갈세가엔 이런 칭송과 찬사가 빗겨갔다. 오히려 그들이 제대로 역할을 하지 못하는 바람에 개천회주가 도망치고 말았다는 억울한 비난까지 받을 정도였다.

심혈을 기울여 키워낸 와룡대의 몰살에 엉뚱한 책임론까지 뒤집어쓴 제갈세가의 분위기는 말이 아니었다. 그런 상황에서 날아든 전서구는 그들 모두를 지옥의 구렁텅이로 밀어 넣기에 충분했다.

"나, 낚시라는 말입니까?"

비응단주 제갈후가 믿기지 않는다는 얼굴로 물었다.

"확실하지는 않아. 하지만 풍월 그 친구가 제기한 가능성이 맞다면……."

제갈중은 말을 아꼈다. 하지만 그의 표정에 드러난 감정은 제갈후 못지않았다.

"정황상 그럴 수가 없습니다. 패천궁으로 간 전령의 말대로 그런 엄청난 정보는 몇몇 수뇌만이 알고 있었을 겁니다."

제갈후가 떨리는 목소리로 말했다. 그리 말을 하면서도 마음 한구석에서 의문이 고개를 쳐드는 것은 어쩔 수가 없었다.

"하면 하오문에선 그런 정보를 어째서 패천궁엔 알리지 않았단 말이냐? 개천회에서 가장 두려워하는 사람이 바로 풍 궁주거늘."

장로 제갈소가 초췌한 얼굴로 물었다.

은선곡에서 함정에 빠져 목숨을 잃은 와룡대주 제갈건이 바로 그의 아들이다. 그는 아직 와룡대의 몰살과 아들의 죽음에 대한 충격에서 벗어나지 못한 듯했다.

"거리상 너무 떨어져 있습니다. 게다가 마련과 다투고 있고. 정의맹이나 남궁세가처럼 신속하게 움직이지 못한다고 생각한 것이겠지요."

"서문세가가 그의 본가라는 점도 무시하지는 못했겠지."

제갈성요의 말에 제갈중이 노한 표정을 지었다.

"그가 개천회와 어떤 싸움을 벌여왔는지 모르는 사람이 없거늘. 함부로 의심하지 말게."

제갈중의 차가운 눈빛에 움찔한 제갈성요가 변명하듯 말했다.

"제가 아니라 하오문에서 그런 생각을 했을 수도 있다는 말입니다."

못마땅한 눈빛으로 제갈성요를 쏘아보던 제갈중이 제갈후에게 고개를 돌렸다.

"우리가 움직인 것은 전적으로 하오문의 정보를 신뢰했기 때문은 아닐세. 그동안 우리 나름대로 정보를 수집했고, 서문세가는 충분히 의심할 만했어. 특히 은선곡에 대한 우리의 판단은 틀리지 않았네. 다만 은선곡에 숨어 있던 자들의 역량을 파악하지 못한 것이 문제였지."

"저의 실수입니다."

제갈후가 다시금 고개를 숙였다.

"자네를 책망하려는 것이 아닐세. 이미 일은 벌어졌네. 안

타깝지만 결코 되돌릴 수 없는 일이지. 내가 진정 두려워하는 것은 어쩌면 우리의 판단이 잘못되었을 수도 있다는 것일세."

"하지만 그건……."

"아네. 단순한 억측일 수도 있다는 것을. 하나, 사실일 경우라면? 우리 모두가 어떤 거대한 계략에 속아 넘어간 것이라면?"

"그러기엔 은선곡에서 나온 놈들의 정체가 너무도 확고하지 않습니까? 천마동부에서 군웅들을 학살한 개천회의 그 노물들이라고 했습니다."

제갈성요가 답답하단 얼굴로 말했다.

"그 또한 놈들의 음모라면?"

"예? 무슨 말도 안 되는 소리를……."

제갈성요가 어이가 없다는 얼굴로 말끝을 흐렸다.

가주가 지닌 권위를 생각했을 때 평소에는 감히 상상도 할 수 없는 행동이요, 말투였지만 누구 하나 뭐라 하는 사람이 없었다. 그들 모두 제갈성요와 같은 심정이기 때문이었다.

"풍 궁주의 전갈을 받기 전에도 이상한 생각이 들었어. 다들 너무 쉽다는 생각을 하지 않았나?"

"쉽다니? 그게 무슨 뜻인가, 가주?"

제갈원이 물었다.

"개천회가 얼마나 오랫동안 암약을 했는지 알 수조차 없습니다. 일전에 밝혀졌듯 정무련은 물론이고 패천마궁에까지 간자들을 심어놓은 놈들입니다."

"그런데?"

"정의맹과 남궁세가, 정무련이 동시에 움직였습니다. 개천회의 정보력이라면 이를 모를 수가 없습니다. 한데 그들의 대처는 고작 세가의 문을 틀어 잠그고, 전령을 보내 변명을 한 것뿐입니다. 그마저도 여의치 않았지요."

"그야 워낙 전격적으로 움직였으니 그런 것 아니겠나?"

제갈원의 반문에 제갈중은 천천히 고개를 저었다.

"그렇다 해도 적어도 사흘 정도의 시간은 있었습니다. 그동안 놈들이 보여준 실력을 감안했을 때 이토록 무력하게 무너진다는 것은 애당초 말이 되지 않는 것이었습니다."

"하오문이 초토화되지 않았습니까. 병력이 흩어졌을 가능성이 높습니다."

제갈성요의 반박에 제갈중이 고개를 끄덕였다.

"그 또한 충분히 일리가 있는 말이지. 어쨌거나 풍 궁주가 보내온 전서구로 인해 어느 것 하나 명확한 것이 없게 되어버렸네. 어차피 일의 전모는 곧 드러나게 되어 있네. 정확히 어떤 상황에 처해 있는 것인지 알 수는 없으나, 하오문주를 비롯해 하오문의 수뇌들이 살아 있다고 했으니까. 풍 궁주가 그들을 만나서 확인을 하면 모든 것이 확실해질 터. 하지만 나는 그전에 모든 가능성을 감안해서 다시금 상황을 살펴보고 싶네. 이대로 손을 놓고 기다리기엔 본 가의 아이들이 흘린 피가 너무 많아."

제갈중의 단호한 음성에 더 이상 반론이 나오지 않았다. 이미 반대를 하기엔 가주의 결심이 너무도 확고했다.

"비응단주."

"예, 가주."

"서문세가가 무너지면 가장 이득을 보는 곳은 어디라고 보는가?"

제갈후는 생각할 것도 없다는 듯 말했다.

"사마세가와 혁련세가입니다. 황산진가도 있기는 하지만 두 세가와 비할 바는 아니지요. 하지만 서문세가가 개천회가 아니라는 가정하에 가장 이득을 보는 곳은 당연히 개천회일 것입니다. 사라졌되 사라지지 않았으니까요."

"나도 같은 생각이네. 확실한 것은 은선곡에서 와룡대를 몰살시킨 자들이 개천회의 무인들이라는 것이지. 우선 그곳부터 시작하지."

"예."

"사마세가와 혁련세가의 움직임도 면밀히 살피게. 지금의 상황이 개천회의 음모라면 그들 역시 어떤 식으로든지 연관이 있을 것이야."

"알겠습니다."

제갈수가 굳은 표정으로 명을 받았다. 처음과는 달리 그 역시 '어쩌면'이란 단어가 뇌리에서 사라지지 않고 있었기 때문이다.

"한데 하오문주와 수뇌들이 숨어 있는 곳이 남경이라고 했던가?"

제갈원이 물었다.

"예, 총단이 있던 진회화 인근이라고 했습니다."

"멀군. 풍 궁주가 그들을 구하려면 꽤나 오랜 시간이 걸리겠어."

"그렇겠지요. 하지만 생각보다 오래 걸리진 않을 겁니다."

"무슨 말인가?"

제갈중의 입가에 엷은 웃음이 지어졌다.

"그 친구 성격상 이미 죽어라 달리고 있을 테니까요."

*   *   *

"무림의 분위기는 어떤 것 같더냐? 혹여 의심하는 분위기는 아니더냐?"

"워낙 충격적인 소식인지라 놀라면서도 대체적으로 수긍하는 분위기입니다. 정무련과 정의맹이 힘을 합쳐서 공격했고 정보의 출처가 하오문이라는 것이 알려지며 헛소리를 하는 작자들도 사라진 것 같고요."

"좋구나, 아주 좋아."

거푸 술잔을 드는 사마용의 입가에 미소가 걸렸다. 근래 들어 크게 웃을 일이 없었던지라 유난히 더 기뻐했다.

"수습은 어찌하고 있느냐?"

"서문세가가 직접 관리하거나 이권이 개입된 것들의 대부분은 정의맹에서 흡수를 할 것 같습니다. 물론 드러나지 않은 부분에 대해선 이미 손을 써두었습니다."

"잘했다. 그게 진짜 알짜지."

사마용이 사마조의 빠른 행동에 칭찬을 아끼지 않았다.

"이제 당분간은 본 회에 대한 말은 사라지겠군."

"그렇게 될 것입니다."

"이제 남은 것은 패천마궁과 정무련을 상잔시키는 일인데 그건 어찌 진행하고 있느냐?"

"일단 미끼는 던져놓았습니다."

사마용은 사마조의 바로 말을 알아들었다.

"아, 맞다. 그놈들은 무사히 탈출했느냐?"

"예, 남궁세가에 걸려 몇 번 위기를 맞기도 했지만 미리 손을 써두었기에 탈출에 성공했습니다. 인원이 확 줄기는 했지만요."

"상관없다. 서문세가의 후계자라는 놈. 그놈만 살아 있으면 돼. 한데 놈들은 어디로 움직이고 있느냐? 설마 엉뚱한 방향으로 가는 것은 아니겠지?"

사마용의 물음에 사마조가 입가에 미소를 지었다.

"서문세가가 멸문지화를 당했습니다. 게다가 개천회라는 영광된 이름을 가져갔으니 전 무림이 놈들의 적이나 마찬가지입니다. 결국 놈들이 기댈 곳은 단 한곳뿐입니다."

"풍월 그놈이 과연 그놈들을 받아줄까?"

"받아줄 겁니다."

사마조의 단언에 사마용이 조금은 놀란 표정을 지었다.

"어째서 그리 확신하느냐?"

"확신이라기보다는 그냥 느낌이 그렇습니다. 다른 자들은 몰라도 놈만큼은 서문세가가 개천회라는 것을 믿지 않을 것 같은 느낌입니다."

사마용도 동의한다는듯 고개를 끄덕였다.

"놈이 형주분타를 떠났다고 했으니 두고 보면 곧 알게 되겠지. 놈이 어디로 이동하는지 놓쳐서는 안 될 것이다. 더불어 서문세가 놈들을 쫓고 있는 남궁세가 놈들을 완전히 놓치지 않도록 적절히 조치를 취하고."

"알겠습니다."

"그리고 그 일은 어찌 진행되고 있느냐?"

"그 일이라시면……."

사마조가 고개를 갸웃거렸다.

"당가 말이다."

"아!"

자신도 모르게 탄성을 내뱉은 사마조가 빠르게 말을 이었다.

"대기 중인 흑귀대와 적귀대에 연락을 취했습니다. 지금쯤 움직이고 있을 것입니다. 한데 이게 맞는 선택인지 모르겠습니다."

"뭐가 말이냐? 당가와 손을 잡는 것 말이냐? 그 얘기는 이미 끝난 것으로 아는데."

"그래도 저는 걱정이 됩니다."

"괜찮다. 당령이 우리를 찾아온 그 순간부터 우린 이미 한 배를 탄 셈이다. 서문세가를 공격함으로써 돌아올 수 없는 강을 넘은 셈이 되었고. 또한 장차 패천마궁과 정무련이 부딪치는 데 큰 힘을 실어줄 것이다. 하니 너무 걱정하지 말아라."

"알겠습니다."

"다만 궁금하긴 하구나. 그 아이가 어째서 만독방을 노리는

지 말이다."

"독에 관해선 늘 당가와 함께 거론되는 곳입니다. 경쟁자를
없애고 싶은 마음 아닐까요?"

사마조의 말에 사마용은 그다지 동의하지 않는 것 같았
다.

"글쎄다. 단순히 그렇게 생각하기엔 뭔가 석연치가 않아."

"이유를 파보겠습니다."

"그래라. 대신 조심하도록 해. 그래도 나름 동맹의 관계이니
말이다."

"예, 최대한 주의하라 하겠습니다."

동맹이란 단어가 영 마뜩지 않은지 표정이 살짝 굳었지
만, 사마조는 별다른 말을 하지 않고 고개를 숙여 대답을
했다.

*　　　　*　　　　*

제갈세가로부터 서문세가가 개천회이며 공격을 당한다는
소식을 접하고 고뇌하던 풍월은 하오문의 전령으로부터 천뇌
마존의 서찰을 받자마자 풍천뇌가와 만독방이 떠나고 무혈입
성(無血入城)한 형산분타를 박차고 나섰다.

적룡무가를 공격할 때처럼 밀은단만 데리고 떠나려 했지만,

추소기 등과 뒤늦게 이 사실을 접한 군사 순후의 강력한 반발로 인해 천마대까지 이끌고 움직일 수밖에 없었다.

형주분타를 떠난 다음 날, 풍월 일행에게 정의맹과 남궁세가를 필두로 한 정무련과 당가 등의 공격에 의해 서문세가가 멸문지화를 당했다는 소식이 전해졌다.

풍월이 예상보다 훨씬 서문세가를 신경 쓰는 것을 알고 있던 형응과 황천룡 등이 서문세가 일을 우선적으로 조사해야 하는 것 아니냐고 넌지시 권했지만 풍월은 하오문으로 향하는 발걸음을 바꾸지 않았다. 이미 멸문지화를 당한 서문세가보다는 천뇌마존이 품고 있을 비밀이 훨씬 더 중요할지 모른다는 직감 때문이었다.

형주분타를 떠난 지 칠 일, 밤낮을 가리지 않고 달린 풍월과 일행은 호남성 동부를 남북으로 관통하는 상강의 중류에 도착했다.

"저 숲만 지나면 형산 포구에 도착합니다."

은혼이 잡목이 우거진 숲을 가리키며 말했다.

"포구에서 배를 타고 북상을 하면 이틀 정도면 동정호에 도착할 수 있습니다."

"동정호에서 남경까지는 얼마나 걸립니까?"

풍월이 물었다.

"날씨와 바람 상황에 따라 차이가 조금 있기는 하겠지만 그래도 최소 나흘은 걸립니다."

고개를 끄덕인 풍월이 말했다.

"지금 즉시 움직여 오늘 밤에 머물 수 있는 곳과 동정호로 향하는 배를 확보하세요."

"예."

명을 받은 은혼이 몇몇 수하를 데리고 형산포구로 내달렸다.

"위지평, 물선."

풍월이 밀은단주와 천마대주를 불렀다.

"예, 궁주님."

"우리가 한꺼번에 포구에 들이닥치면 난리가 날 거다. 이곳에서 휴식을 취하다 은 형이 숙소를 확보하면 적당히 인원을 나눠 움직인다."

"존명!"

위지평과 밀은단은 풍월과 최대한 근접한 곳에서 호위를 겸한 휴식을 취했고 천마단은 보다 넓은 지역으로 퍼져 최대한 편히 휴식을 취했다.

숙소를 구하는 것이 쉽지가 않은지 형산포구로 향한 은혼은 생각보다 빨리 돌아오지 않았다.

"밤이 깊어가는데 대체 언제 오는 거야?"

지루함을 참지 못하고 온몸을 비틀어댄 황천룡이 위지평에게 물었다.

"시간이 얼마나 지났지?"

"대략 반 시진 정도 지난 것 같습니다."

"그 정도면 충분히 돌아올 시간 아니야?"

"잘 모르겠습니다. 이곳에서 포구까지 거리가 얼마나 떨어져 있는지 모릅니다."

위지평의 대답에 성의가 없다고 느낀 황천룡이 인상을 쓰며 풍월에게 고개를 돌렸다.

"마냥 기다릴 것이 아니라 사람을 보내는 것이……."

답답함을 토로하던 황천룡이 말끝을 흐렸다. 미간을 찌푸린 풍월이 손을 들어 그의 말을 막았기 때문이다.

"들리지?"

풍월이 형웅에게 물었다.

"예."

"가자."

벌떡 일어난 풍월이 숲을 향해 걸음을 옮기자 형웅이 그림자처럼 따라붙었다.

"뭐가 들린다고……."

황천룡의 말은 이번에도 잘리고 말았다. 풍월이 움직이는 것을 본 밀은단과 천마대가 재빨리 뒤를 따르느라 자연스럽게 그의 말을 막은 것이다.

"젠장. 같이 가자고."

다급히 외친 황천룡이 바람처럼 내달렸다.

하지만 그럴 필요가 없었다.

풍월과 형응이 숲으로 들어서기 전 일단의 무리들이 숲에서 쏟아져 나왔다. 밀은단이 풍월의 주변을 에워싸려 했지만 풍월의 손짓으로 뒤로 물러났다.

숲을 빠져나온 사람의 숫자는 정확히 넷이었다. 그나마도 한 사람은 정신을 잃은 채 동료의 등에 업혀 있었다.

치열한 싸움을 벌인 것인지 몰골이 말이 아니었다.

옷은 찢어져 넝마가 되어 있었고 그나마도 피와 흙으로 범벅이 되어 있었다. 온몸을 덮은 상처에선 피가 흘러내렸다.

몇몇 형제들의 희생으로 간신히 숲을 빠져나온 이들은 자신들의 앞을 가로막는 풍월 일행을 보곤 절망스러운 표정을 지었다. 그동안 자신들의 뒤를 쫓던 추격대보다 배는 많은 인원이었다.

"빌어먹을!"

선두에 선 사내의 눈에서 핏발이 섰다. 그가 검을 치켜세우자 나머지 인원도 이를 악물고 검을 들었다.

풍월은 그들의 기세에 상관없이 성큼성큼 걸음을 놓렸다. 그의 시선은 정신을 잃은 채 업혀 있는 사내에게 고정되어 있었다.

"죽엇!"

사내들이 풍월을 향해 검을 휘둘렀으나 슬쩍 앞으로 나선 형웅에 의해 간단히 막히고 말았다.

"죽이지 마."

형웅을 스쳐 지나가며 주의를 준 풍월이 정신을 잃은 동료를 업고 있는 사내에게 접근했다.

"오, 오지 마!"

사내가 검을 겨누었다.

슬쩍 손을 뻗어 검을 낚아채는 풍월. 사내가 그것을 의식했을 때 검은 순식간에 부러지고 풍월의 손에 들어간 검날이 그의 목을 겨누고 있었다.

풍월이 사내의 목을 검날로 지그시 누른 채 그가 등에 업고 있는 사내를 살폈다.

앙상하게 마른 얼굴, 곳곳에 피딱지가 내려앉고 온갖 오물이 뒤덮여 있어 몰골이 말이 아니었으나 몰라볼 정도는 아니었다.

한숨을 내쉰 풍월이 사내를 불렀다.

"형님, 휘 형님."

풍월은 서문휘를 업고 있는 사내의 몸이 부르르 떨리는 것을 느끼곤 그의 목에 겨누었던 검날을 버리고 서문휘를 안아

들었다.

"형님, 휘 형님."

풍월이 서문휘의 몸에 조심스레 진기를 불어넣었다. 갑작스러운 상황 변화에 서문휘를 업고 있던 사내는 물론이고 형응에게 덤비던 사내들도 이미 검을 내린 상태였다.

"으음."

서문휘의 입에서 나직한 신음이 흘러내렸다. 그러고는 천천히 눈을 떴다.

"정신이 드십니까?"

풍월이 미소를 지으며 물었다.

"무, 물……"

서문휘가 물을 찾기가 무섭게 위지평이 물주머니를 내밀었다.

물주머니를 받아 든 풍월이 서문휘의 입에 조금씩 물을 흘려주었다.

물은 마신 서문휘의 눈동자에 생기가 조금 돌았다.

"제가 누군지 알아보겠습니까?"

서문휘가 천천히 고개를 들었다. 멍하니 풍월을 바라보던 눈동자가 급격히 흔들렸다.

"월… 이구나."

서문휘의 손이 풍월의 팔목을 꽉 움켜잡았다.

"예, 오랜만입니다, 형님."

"그래, 오랜만이다."

한결 또렷한 음성이었다.

"서문세가의 일은 들었습니다."

"……."

풍월은 자신의 팔목을 잡은 서문휘의 손에 힘이 들어가는 것을 느끼며 물었다.

"아무도 빠져나오지 못했다고 들었습니다. 어찌 된 일입니까?"

"끝까지 남아 싸우려 했지만 할아버님께서 우리를 탈출시키셨다. 세가의 명맥을 이으라시며."

"그랬군요."

"그마저도 쉽지 않았다. 적들이 펼친 포위망은 실로 견고했어. 우리를 탈출시키기 위해 세가의 많은 어른들께서 희생을 하셨다. 하나, 탈출에 성공을 한 이들 역시 무참히 사냥을 당했지. 우리처럼."

씁쓸히 웃은 서문휘가 풍월을 직시하며 말했다.

"너를 찾아가려 했다. 단순히 몸을 의탁하려는 건 아니다. 복수를 부탁하려 함도 아니었다. 그저 한 가지 부탁을 하고 싶어서였다."

"그게 뭡니까?"

"누명. 본 가에 쓰인 누명을 벗겨다오."

"서문세가가 개천회라는 것 말이군요."

"그래, 말이 되지 않는 소리지. 이건 음모다. 본 가를 죽이기 위한 음모."

서문휘가 울부짖듯 말했다.

"누가 음모를 꾸몄다고 생각하십니까?"

"할아버지께선 정의맹에서 권력을 공고히 하려는 사마세가와 혁련세가가 손을 잡은 거라 의심하셨다. 하지만 나는 생각이 조금 다르다. 어쩌면 그들이 아니라 개천……."

서문휘의 말은 숲에서 뛰쳐나온 이들로 인해 끊기고 말았다.

숲을 빠져나온 인원은 대략 삼십 명 정도였다. 한데 그들의 기세가 장난이 아니었다. 특히 맨 앞에 선 남자의 기운은 풍월의 눈빛이 바뀔 정도로 대단했다.

"형님을 추격하는 자들입니까?"

"그래. 탈출에 성공한 대부분의 인원이 저들에게 잡혀 목숨을 잃었다. 이제 우리만 남은 것이지."

"정의맹에서 보낸 것이군요."

풍월의 말에 서문휘가 고개를 저었다.

"아니, 남궁세가 놈들이다. 어찌나 지독하게 우리를 추격하는지… 특히 저놈."

서문휘가 원독의 눈길을 뿜어내며 한 사내를 가리켰다.

가장 앞에서 추격대를 이끌고 달려오는 사내는 서문세가의 전대 장로들을 쓰러뜨리면서 명성을 떨친 남궁결이었다.

제101장

오해(誤解)를 사다

"저곳입니다."

만독방의 수뇌진들과 어깨를 나란히 하고 움직이던 흑귀대주 허전이 산자락에 그림처럼 위치한 건물을 가리키며 말했다.

"좋군."

여하근이 만족한 표정으로 고개를 끄덕였다.

"만독방의 규모에는 미치지 못하지만 지내시기엔 부족함이 없을 겁니다."

"아니네. 우리 입장에서 저만하면 아주 훌륭하지. 아무튼 고맙네."

"아닙니다. 하면 먼저 가서 기다리겠습니다."

가볍게 고개를 숙인 허전이 앞서 움직이고 있는 흑귀대로 복귀했다.

허전이 흑귀대로 복귀하는 것을 가만히 지켜보던 여하근의 얼굴에서 미소가 사라졌다.

"어떤 위험이 도사리고 있을지 모른다. 만반의 준비를 해야 할 것이다."

"이미 충분히 주의를 주었습니다. 믿을 놈이 따로 있지, 어찌 저런 놈들을 믿겠습니까?"

장로 여공이 허전의 합류와 함께 속도를 높이고 있는 흑귀대를 바라보며 말했다.

"우리 꼴이 참으로 우습게 되었군. 개천회의 주구로 변한 놈들에게 신세를 져야 할 정도라니."

여하근이 씁쓸히 웃자 곁을 지키고 있는 여운교가 고개를 저었다.

"주고받는 것입니다. 우린 안정적으로 재기를 할 발판을 얻는 것이고, 저들 입장에선 마련을 재건하고 패천마궁에 맞설 대항마를 키우는 것이니까요. 서문세가를 희생양으로 삼은 것도 아마 그런 이유일 것입니다. 패천마궁과 정무련의 이목에서 사라지겠다는 것이겠지요."

"놀라운 놈들이다. 신흥삼대세가라는 서문세가가 놈들이 세운 주구에 불과하다니 말이야."

여하근은 정무련과 정의맹의 연합 공격으로 사라진 서문세가가 개천회의 몸통이 아니라 그저 하나의 가지에 불과하다는 것을 허전에게 듣고는 기절할 듯 놀랐다. 더불어 개천회의 끝없는 저력에 새삼 두려움을 느꼈다.

"빌어먹을 놈들!"

한숨을 내쉬며 고개를 젓던 여하근의 입에서 갑자기 욕설이 터져 나왔다.

끝까지 싸우기를 다짐했던 풍천뇌가 갑자기 마음을 바꾼 것이 떠오른 것이다.

"그렇다고 해도 풍천뇌가 놈들이 뒤통수를 때리지 않았다면 놈들의 제안을 수락하지는 않았을 것이다. 놈들이 그렇게 마음을 바꾼 것 역시 개천회가 개입한 것이겠지?"

"그렇겠지요. 애당초 개천회와 연관이 있다고 의심받던 놈들이니까요."

여공의 말에 여하근이 코웃음을 쳤다.

"하긴 제 놈들이 어디서 뇌정마존의 무공을 되찾았겠어. 개천회 놈들이 준 것이겠지. 우리가 만독마존 조사님의 무공을 조금만 더 일찍 되찾았어도……."

이를 악물고 품을 만지던 여하근. 개천회와 손을 잡는 대가로 얻게 된 만독마존의 비급을 손끝으로 느끼는 그의 얼굴에 어느새 미소가 번졌다.

"아직은 반쪽짜리에 불과하지만 그것만으로도 진일보할 수 있는 수준이다. 당가의 잡년이 천마동부에서 훔쳐갔다는 나머지 반쪽만 확보를 한다면 본 방이 천하제일의 독공을 지닌 것으로 무림에 우뚝 설 것이다."

자신도 모르게 흥분을 했던 여하근이 호흡을 가다듬고 소리쳤다.

"이곳에서 다시 시작할 것이다. 이곳에서 만독방의 역사 또한 새롭게 써질 것이다. 자, 가자."

수하들은 물론이고 스스로에게 다짐한 여하근이 바삐 걸음을 옮기고 잠시 후, 그들의 새로운 둥지에 도착할 수 있었다.

허전의 말대로 전체적인 규모는 만독방에 비할 바는 아니었으나 딱히 부족하지도 않았다. 오히려 다소 낡았다고 할 수 있는 만독방에 비해 훨씬 깔끔하고 정돈된 느낌이 들었다.

"마음에 드십니까?"

허전의 물음에 여하근이 고개를 끄덕였다.

"생각보다 훨씬 괜찮군. 우리가 이런 곳을 그냥 받아도 되는 것인지 모르겠네."

"저야 정확한 사정은 모르나 그냥은 아니겠지요."

"그렇겠지."

허전의 노골적인 말에 여하근이 쓴웃음을 지었다. 그렇다고 화를 내거나 노기를 드러내지 않았다.

이리저리 감추는 것보다 허전처럼 직설적으로 표현하는 것이 오히려 편했다.

"안으로 드시지요. 방주님을 기다리는 분이 계십니다."

"나를?"

여하근이 살짝 놀란 표정을 지으며 되물었다.

"그렇습니다."

"누군가, 나를 기다리는 사람이?"

"가보시면 알 것입니다."

허전이 말을 아끼고 몸을 돌렸다.

"방주님."

여공과 여운교가 걱정스러운 얼굴로 그를 불렀다.

"괜찮아. 아마도 개천회의 누군가가 나를 보려는 것이겠지. 걱정하지 말고 아까 명한 대로 잘 살피게. 혹시 모르는 일이니까."

"알겠습니다."

"제가 모실게요."

여운교가 여하근의 곁으로 다가왔다.

"그래, 네가 봐두는 것도 좋겠지."

여하근이 웃으며 그녀의 손을 잡았다.

여하근은 장차 만독방을 이끌 후계자로 여운교를 찍었다. 단순히 자신의 핏줄이라 그런 것이 아니라 여운교에게는 분명 그만한 재능이 있었다.

두 사람은 허전의 안내로 안쪽 깊숙이 자리 잡은 전각으로 이동했다.

여하근은 혹시나 하는 생각에 전신의 감각을 극도로 끌어올려 주변을 살폈다.

하나, 전각에 들어설 때까지 아무런 기척도 느껴지지 않자 자신이 너무 과민 반응을 한 것이라 여기며 살짝 긴장을 풀었다.

"좋은 시간 되십시오."

허전이 씨익 웃으며 몸을 돌렸다.

그의 웃음에 여운교는 전신에 소름이 돋는 것을 느꼈다. 여하근을 따라 전각 안으로 들어서는 내내 불안한 마음이 가시지 않았다.

전각에는 묘한 분위기를 품고 있는 여인이 앉아 있었다. 비록 과거와는 많은 것이 달라졌지만 여운교는 그녀를 금방 알아볼 수 있었다.

다만 문제는 그녀가 결코 이 자리에 있을 수 없는, 아니, 있어선 안 되는 사람이라는 것이다.

"다, 당신이 어떻게 여기에!"

여운교가 하얗게 질린 얼굴로 소리쳤다.

"어서 오세요."

의자에 앉아 있던 당령이 환한 웃음을 지으며 그들을 반겼다.

*　　　　　*　　　　　*

"너희들은 누구냐?"

남궁결이 풍월 일행을 보며 소리쳤다.

밀은단과 천마대의 기세가 보통이 아니라는 것을 느끼고 있음에도 전혀 개의치 않는다는 표정이었다.

"어린놈이 싸가지가 없네. 그러는 네놈은 뭐냐?"

황천룡이 가래침을 탁 뱉으며 물었다.

"나는 남궁세가의 남궁결이다. 무림의 공적 개천회의 잔당을 쫓고 있다."

남궁결이 지친 표정으로 서 있는 서문세가의 무인들과 그들에게 업혀 있는 서문휘를 노려보며 말했다.

"우리는……."

황천룡이 말을 하려다 갑자기 멈추고 고개를 돌렸다. 그의

소매를 낚아챈 유연청이 인상을 쓰며 고개를 흔들었다. 그제
야 자신의 실수를 눈치챈 황천룡이 머쓱한 얼굴로 물러났다.
그런 황천룡을 보며 피식 웃은 풍월이 한 걸음 앞으로 나섰
다.

"우린 패천마궁에서 왔소."

패천마궁이란 말에 다들 당황한 기색이 역력했다.

"그리고 나는 패천마궁의 궁주 풍월이오."

"헉!"

"푸, 풍월."

이미 천하제일인으로 공인받는 풍월이다.

패천마궁이란 말보다 풍월이란 이름이 주는 효과가 더욱
컸다.

"나, 남궁세가의 남궁결이 패천마궁의 궁주를 뵙습니다."

오만했던 남궁결도 정중히 예를 차렸다.

"반갑소. 한데 개천회의 잔당이라고 하셨소?"

"그렇습니다."

"누가, 저들이?"

풍월이 서문휘 등을 가리키며 다시 물었다.

"맞습니다. 놈들의 탈출을 확인하고 곧바로 뒤를 쫓아왔습
니다."

"흠, 내가 알고 있는 것과는 사실 관계가 조금 다른데."

순간, 남궁결의 표정이 딱딱하게 굳었다.

"무슨 뜻입니까?"

"서문세가가 개천회라는 것 말이오. 일전에 나도 의심을 했소. 그리고 조사를 해보았지. 하지만 별달리 수상한 점을 찾지는 못했소."

"하오문에서 놈들의 꼬리를 잡았습니다. 그들의 정보로 이미 정무련과 정의맹에서 암약하고 있는 간자들 다수를 색출했습니다. 서문세가가 개천회라는 것은 부정할 수 없는 사실입니다."

남궁결은 행여나 풍월이 개천회의 잔당을 제거하는 일을 방해를 할까 봐 극도로 경계했다.

"확실히 그렇긴 해. 서문세가는 둘째 치고 간자들은 확실한 것 같으니까. 그런데 너무 이상하지 않소?"

"뭐가 말입니까?"

"지금껏 그토록 은밀했던 개천회가 너무도 쉽게 세상에 노출된 것이 말이오. 그동안 전 무림이 쫓아도 흔적조차 잡을 수 없었던 놈들인데."

"오롯이 하오문의 공입니다. 그로 인해 멸문지화라는 혹독한 대가를 치렀지만."

남궁결은 하오문의 멸문을 거론하며 침중한 표정을 지었다.

"하오문에서 남궁세가와 정의맹에 전령을 보냈다고 했는데, 내게도 전령을 보냈소."

"예? 한데 어째서……."

남궁결이 이해할 수 없다는 얼굴로 고개를 갸웃거렸다.

"한데 서문세가가 개천회라는 말은 전혀 언급이 없었지. 그저 구원 요청을 했을 뿐이오."

"구원 요청을 했단 말입니까? 이미 모두 죽은 것으로 알려졌습니다."

남궁결이 깜짝 놀라 되물었다.

"누가 들으면 꽤나 유감스러울 말을 하는군요."

풍월이 오만상을 찌푸리고 있는 번옥을 돌아보며 웃었다.

풍월의 시선을 따라 움직인 남궁결이 번옥을 발견했다.

"당신이 하오문의 전령이오?"

풍월을 대하는 것과는 달리 말투에 오만함이 뚝뚝 묻어났다.

"그렇습니다."

"궁주님의 말씀이 사실이오?"

"맞습니다."

"개천회에 대한 언급을 전혀 하지 않았다는 말 또한 사실이오?"

"그렇소. 하지만……."

번옥은 어쩌면 그것이 수뇌부만 공유하는 비밀일 수 있다는 말을 하려다 그냥 입을 다물었다.

"우린 지금 하오문의 요청을 받아들여 그들을 구하러 가는 중이오."

"그러시군요."

남궁결이 떨떠름한 표정으로 고개를 끄덕였다.

"우리와 함께 가는 것이 어떻겠소?"

"예?"

갑작스러운 제안에 남궁결이 두 눈을 동그랗게 떴다.

"솔직히 우린 이번에 서문세가에서 벌어진 일에 의문이 많소. 정말 서문세가가 개천회인지부터."

"그건 확실합니다."

남궁결이 단호히 외쳤다.

"그건 서문세가를 공격했던 자들의 생각이고."

풍월이 날카롭게 선을 그었다. 자신도 모르게 뻗어 나간 기운에 남궁결이 흠칫 놀라 한 걸음 물러났다.

"우린 이번 일이 서문세가를 노린 누군가가 꾸민 일일 수도 있다고 판단했소. 그건 정의맹의 지분을 나눠 쥐고 있는 사마세가가 될 수도 있고, 혁련세가가 될 수도 있소. 어쩌면……."

풍월이 의뭉스러운 눈길로 자신을 바라보자 남궁결이 불같이 화를 냈다.

"본 가를 모욕하지 마십시오."

"모욕할 생각은 없소. 그저 모두를 의심해 봐야 한다는 것을 말하려는 것뿐이오."

"그건 궁주님의 억측일 뿐입니다. 이미 서문세가의 죄는 명명백백하게 드러났습니다."

남궁결이 목소리를 높였다.

"만약 내 말이 맞다면 어쩔 거요?"

"예?"

"만약 내 말이 맞다면, 서문세가가 누군가의 음모로 그 꼴을 당했다면 어찌하겠냐 묻는 것이오."

"그, 그건……."

전혀 생각도 해보지 않은 물음이기에 남궁결은 쉽게 대답하지 못했다.

"그걸 확실하게 해보자는 것이오. 개천회의 위협에서 하오문주를 구해낸다면 모든 것이 확실해지지 않겠소? 남궁세가와 정의맹에 보낸 전령의 말이 사실인지, 어째서 내게는 그런 정보를 주지 않은 것인지 말이오. 만약 애당초 전령을 보낸 것이 아니고, 그런 정보 자체가 조작된 것이라면……."

풍월은 시시각각으로 변하는 남궁결의 표정을 바라보며 입을 다물었다.

풍월은 느긋하게 대답을 기다렸다.

남궁결이 바보가 아닌 이상 당연히 함께 가는 길을 택하리라 여겼다.

비단 풍월뿐만 아니라 주변의 모두가 같은 생각이었다. 하지만 남궁결의 생각은 달랐다.

"일단 저들을 넘겨주십시오."

"내 말을 믿지 못하겠다는 말이오?"

"……."

"하오문주만 구해내면 모든 것이 해결된다고 말했소."

풍월이 짜증 섞인 음성으로 말했지만 남궁결은 요지부동이었다. 그가 조금만 노련했다면 풍월이 남궁세가의 체면을 꽤나 생각해 준다는 것을 느낄 수 있었을 것이다.

하나, 어린 나이에 평생 무공 수련에만 매달린 남궁결은 그런 노련함이 없었다. 오히려 의심스러운 눈길로 풍월을 바라보았다.

"근자에 무림에 이런 말들이 떠돌고 있습니다. 패천마궁 궁주의 출신이 서문세가라고."

순간, 밀은단과 천마대원들의 몸에서 엄청난 살기가 뿜어져 나왔다.

당장 공격을 하려는 그들을 말린 풍월이 고개를 비스듬히 뉘이며 말했다.

"계속해 봐."

풍월의 말투와 기세가 바뀐 것을 의식한 남궁결 또한 기세를 끌어 올리며 말했다.

"그가 천마도를 세상에 공개한 것은 군웅들을 천마동부로 끌어들이기 위함이라고."

"하하!"

풍월의 입에서 실소가 터져 나왔다.

"그러니까 나도 개천회라는 말이네."

풍월이 한 걸음 다가서며 말했다.

"소문이 그렇다는 겁니다."

남궁결이 한 걸음 물러나며 대꾸했다.

"네놈들 태도를 보니 그저 소문이라고 생각하지 않는 것 같다."

"……."

"바보냐? 내가 개천회면 이런 말장난 따위는 하지도 않아. 모조리 베어버리면 그만이지."

풍월의 기세가 폭풍처럼 쏟아지자 그걸 적의로 판단한 남궁결이 그를 향해 검을 곧추세우며 소리쳤다.

"본 가를 얕보지 마라. 우린 쉽게 당하지는 않는다!"

"남궁세가를 얕보지는 않는다. 하지만 네놈들은 아니야."

풍월이 묵뢰를 꺼내 들었다.

"마지막으로 경고하지. 우리와 함께 갈 생각이 없으면 그냥 꺼져라. 그동안 남궁세가가 얼마나 힘든 싸움을 해왔는지 알 기에 베푸는 배려다."

풍월의 폭풍 같은 기세가 남궁결을 후려쳤다.

남궁결이 이를 꽉 깨물고 버텨야 할 정도로 압도적인 기세 였다.

검존의 무공을 대성하고 서문세가의 전대 장로들을 쓰러뜨 리면서 한껏 자신감에 차 있던 남궁결은 풍월의 기세에 위축 되는 자신을 용납하지 못했다. 결국 그는 최악의 선택을 하고 말았다.

"하앗!"

힘찬 기합성을 터뜨린 남궁결이 풍월을 향해 몸을 날렸 다.

전력으로 내공을 운기하며 그 힘을 검끝에 모았다.

폭발적으로 분출하는 힘.

남궁결의 검에서 쏟아져 나오는 강기가 어찌나 강력한지 무 모한 도전에 비웃음을 흘리고 있던 밀은단과 천마대원들의 얼 굴에 놀라움이 깃들었다.

"애송인 줄 알았는데 대단하네."

자신과 비슷한 연배, 별다른 판단력도 없이 그저 자기 잘난 맛에 까부는 애송이라 여겼던 형웅은 풍월의 기세를 뚫어내고 공격을 퍼붓는 남궁결을 보며 탄성을 내뱉었다.

남궁결의 검이 부드럽게 원을 그렸다.

검에서 눈부신 검광이 폭발했다.

검에서 뻗어 나온 청광이 중첩을 거듭하며 풍월에게 짓쳐 들었다.

풍월이 무표정한 얼굴로 묵뢰를 움직였다.

꽝! 꽝! 꽝!

연속적인 굉음과 함께 지면이 들썩거렸다.

눈 깜짝할 사이에 벌어진 십여 초의 공방.

남궁결은 자신의 공격이 먹힌다는 생각에 더욱 기세가 올라 맹렬하게 공격을 퍼부었다.

남궁결의 공격이 거세어질수록 그를 응원하는 남궁세가 무인들의 환호성은 커져만 갔다.

그렇다고 밀은단과 천마대원들이 불안해하는 것은 아니었다. 생각보다 뛰어난 남궁결의 실력에 놀라고는 있었지만 딱 거기까지였다. 풍월에 대한 그들의 믿음은 절대적이었다.

꽝!

풍월의 반격에 남궁결의 움직임이 주춤했다.

이어질 역공을 걱정해 황급히 물러났지만 풍월이 더 이상 공격을 하지 않자 남궁결은 거칠어진 호흡을 가다듬으며 다음 공격을 준비했다.

어깨를 들썩이며 거친 호흡을 내뱉는 남궁결과는 달리 풍월의 호흡은 조금도 흐트러지지 않았다.

'괴물… 인가?'

남궁결은 풍월을 보며 인상을 썼다.

선공을 한 것도 자신이었고 기세를 올린 것도 분명 자신이었다.

하지만 제대로 성공한 공격이 단 하나도 없었다. 생채기 하나 만들지 못했다.

더구나 공격을 펼칠 때마다 부딪치는 반탄강기의 위력이 장난이 아니었다.

'천하제일인이라는 말이 과장이 아니었구나. 서문세가의 늙은이들과는 수준이 다르다.'

검존의 무공을 대성한 남궁결은 풍월의 실력을 조금은 경시하고 있었다.

서문세가의 전대 장로들을 완파하며 자신의 실력을 확인하자 그런 경향은 더욱 강해졌다.

실력 자체를 무시하는 것이 아니었다. 죽을 각오로 전력을 다한다면 그래도 해볼 만하다는 생각을 하고 있었다. 그러나

막상 부딪쳐 보니 자신의 생각이 얼마나 한심한 것이었는지 뼈저리게 느낄 수 있었다.

풍월의 실력은 단순히 천하제일인이라는 말이 부족할 정도로 막강했다.

풍월의 제안을 받아들이지 않은 것이 조금은 후회가 되었다. 더불어 그런 제안 자체가 남궁세가를 배려한 것이라는 그의 말이 이해가 되었다.

'하지만 이미 늦었다.'

남궁결은 자신을 향해 천천히 다가오는 풍월을 보며 입술을 질끈 깨물었다. 이길 가능성이 없다는 것은 이미 깨닫고 있었으나 남궁세가의 명예를 위해서라도 이대로 무릎을 꿇을 수는 없었다.

남궁결이 힘주어 검을 잡으며 다시금 내력을 끌어 올렸다.

검에서 치솟은 청광이 한층 짙어지며 주변을 푸르게 물들였다.

풍월은 남궁결의 모습을 보곤 언젠가 대결을 펼쳤던 검우령을 떠올렸다.

'혹시나 해서 지켜봤는데 역시 같은 무공이었군. 남궁세가는 천마동부로 향하는 길에서 잃어버렸던 검존의 무공을 찾았다지만 역시 개천회에서 던져준 것이었어.'

자세는 물론이고 온몸으로 느껴지는 기세 또한 너무도 흡사했다.

물론 단순히 실력으로 따지자면 그때의 검우령보다는 남궁결이 훨씬 위였지만.

천마대공을 운기하며 묵뢰에 힘을 실었다.

궁금했던 것을 확인했으니 아무짝에도 쓸모없는 싸움을 끝낼 때였다.

풍월의 전신에서 이전과는 전혀 다른 무시무시한 힘이 뿜어져 나오며 본격적으로 남궁결을 압박하기 시작했다.

"크흐흐! 이제야 제대로 하려는 모양이네."

남궁세가의 환호성을 영 못마땅하게 바라보고 있던 황천룡이 괴소를 터뜨렸다.

괴소가 끝났을 때 남궁결이 전력을 다해 검을 휘둘렀다.

검이 움직였다 느껴지는 순간, 눈을 뜨기가 힘을 정도로 눈부신 검광이 풍월의 전신을 옥죄어왔다.

풍월이 곧바로 묵뢰를 휘둘렀다.

천마무적도 제삼초식, 천마섬이다.

묵뢰에서 발출된 섬전이 청광을 가르며 나아갔다.

기겁한 남궁결이 황급히 몸을 피했지만 이미 늦었다. 그의 어깨에서 핏줄기가 솟구쳤다.

파스스슷!

날카로운 파공성과 함께 연이어 공격이 날아들었다. 그때마다 어김없이 상처가 만들어졌고 피가 튀었다.

"빌어먹을! 퉤!"

자책 섞인 욕설과 함께 피와 침을 내뱉은 남궁결이 천천히 검을 움직였다. 잔뜩 흥분하여 들떠 있던 분위기도 착 가라앉았다.

빠르고 날카로우면 거칠었던 검의 움직임이 한없이 느려지고 부드러워졌다. 쾌와 강, 유가 완벽한 조화를 이루며 서로의 약점을 보완했다.

풍월의 뇌리에 검우령이 전력을 다해 펼치던 공격이 떠올랐다.

남궁결과 마찬가지로 막다른 궁지에 몰렸던 검우령이 최후의 순간에 펼친 초식. 아마도 검존이 남긴 심득이리라.

검왕현신.

검존 남궁백이 남긴 제왕무적검의 절초가 남궁결의 손에서 펼쳐졌다.

검우령이 펼쳤던 미완성의 검왕현신과는 그 위력 면에서 완전히 다르다는 것을 느낄 수 있었다.

'하지만 나도 그때의 내가 아니지.'

풍월의 입가에 엷은 미소가 흘렀다.

당시 검우령을 상대할 때 천마의 무공에 대한 조예는 고작 사성 정도. 지금은 그때와는 전혀 달랐다. 게다가 위력 면에 선 뛰어날지 몰라도 어딘지 모르게 부족한 면이 보였다.

풍월이 천마대공을 극성으로 끌어 올렸다.

두두두두!

지축이 울렸다.

묵뢰에서 울리는 웅장한 도명이 사방을 휘감았다.

묵뢰에서 뇌성과 함께 묵뢰에서 발출된 강기가 남궁결의 공격과 정면으로 부딪쳤다.

거대한 폭음, 천지가 개벽하는 굉음과 함께 남궁결의 신형이 연신 뒷걸음질 쳤다. 그의 움직임을 따라 바닥에 깊게 패인 발자국이 만들어졌다.

입가를 타고 흐르는 피를 거칠게 닦아낸 남궁결이 재차 공격을 펼쳤으나 이미 완벽하게 승기를 잡은 풍월은 조금도 개의치 않았다.

묵뢰를 사선으로 두어 번 휘두르는 것으로 간단하게 공격을 파훼한 풍월이 남궁결에게 다가갔다.

남궁결이 하얗게 질린 얼굴로 미친 듯이 검을 휘둘렀지만 어느새 그의 검은 손잡이만 남긴 채 사라지고 없었다.

"컥!"

풍월의 손이 남궁결의 모가지를 틀어쥐었다.

"검존의 무공을 믿고 그렇게 오만했던 거냐?"

"컥! 컥!"

남궁결이 발버둥을 쳤지만 풍월의 손을 빠져나갈 수는 없었다.

"손에 든 천하의 명검도 제대로 쓰지 못하면서 무슨."

풍월은 남궁결이 검존의 무공을 제대로 활용하지 못하고 있음을 비웃었다.

"언젠가 검존의 무공을 사용하는 사람과 대적한 적이 있다. 개천회의 무상이라고 했다."

남궁결이 눈이 부릅떠졌다.

"그는 분명 검존의 무공을 완성하지 못했다. 완성도로 따지자면 네가 훨씬 위다. 하지만 그와는 꽤나 치열하게 싸웠다. 그는 자신의 손에 쥔 검을 제대로 쓸 줄 아는 사람이었다. 아, 그리고 보니 궁금하군. 서문세가를 공격했을 때 그를 보았나?"

"서, 설마 개천회에 본 가의 무공을 익힌 자가 있다는 말… 입니까?"

"있다. 남궁세가뿐만 아니라 팔대마존과 우내오존의 무공을 익힌 자들도 다수다. 천마동부에서 얻은 무공은 모두 군웅들을 낚기 위해 개천회가 뿌려놓은 미끼라 보면 된다. 한데 이상하지 않아? 그런 무공을 익힌 자들이 부지기수인 개천회가 너무도 쉽게 공략을 당했다는 것이 말이야."

"그, 그건……."

"정무련, 정의맹을 무시하는 것이 아니라 개천회는 그렇게 만만한 곳이 아니다. 지금까지 놈들이 드러낸 힘을 감안했을 때 그렇게 무너졌다는 건 애당초 말이 되지 않아."

"하지만 하오문이……."

남궁결은 여전히 믿지 않는 눈치다.

"그래서 그걸 확인하러 간다고, 이 병신아!"

버럭 화를 낸 풍월이 남궁결을 패대기치며 그대로 걸어찼다.

삼 장을 날아가 개구리처럼 대자로 뻗은 남궁결은 제대로 움직이지 못했다.

"운이 좋은 줄 알아. 네가 목숨을 부지할 수 있는 것은 그동안 남궁세가가 무림을 위해 피를 흘린 것에 대한 내 나름의 보상이다. 하지만 두 번은 없다. 그리고 하나 더. 네놈의 성급함과 무지함이 너 하나의 목숨으로 끝나는 것이 아니라 너를 따르는 다른 이들의 목숨까지 위태롭게 한다는 것을 알아라. 너는 오늘 저들 모두를 죽일 뻔했다."

풍월의 시선이 어쩔 줄을 몰라 하는 남궁세가의 식솔들을 바라보았다.

남궁결이 만신창이가 되어 쓰러졌지만 누구 하나 움직이지 못했다.

그만큼 풍월이, 밀은단과 천마대가 그들을 향해 쏘아내는 살기는 무시무시했다.

그때, 숙소를 구하러 갔던 은혼이 돌아왔다.

은혼이 겁먹은 개구리처럼 위축되어 있는 남궁세가의 무인들을 힐끗 바라보며 말했다.

"숙소를 구하기는 했습니다만 빈 방이 많지는 않습니다."

"상관없습니다. 발만 뻗을 수 있으면 되는 거지요. 배는 어찌 되었습니까?"

"때마침 내일 아침 일찍 떠나는 상선이 있었습니다. 이곳에 짐을 부리고 떠나는 상선이라 자리도 넉넉합니다."

"잘됐네요. 고생했습니다."

"한데 이자들은……."

"신경 쓸 것 없는 놈들입니다."

천하의 남궁세가를 신경 쓸 것도 없는 놈들로 치부한 풍월이 고개를 돌려 소리쳤다.

"자, 가자."

풍월과 수하들이 바람처럼 사라지고 얼마 후, 정신을 잃은 듯 쓰러졌던 남궁결이 천천히 몸을 일으켰다.

풍월이 사라진 방향을 바라보는 그의 눈에는 뭐라 표현할 수 없는 감정이 깃들어 있었다.

　　　　*　　　　　*　　　　　*

"만독방주님은 초면이고 우린 구면인 것 같은데."

당령이 여운교를 보며 반가운 미소를 지었다.

누가 봐도 혼이 쏙 빠질 정도로 아름다운 미소였지만 여운교에겐 오히려 섬뜩함으로 다가왔다. 동시에 전신에 소름이 돋았다.

"아는 사람이더냐?"

심상치 않은 분위기를 눈치챈 여하근이 당령의 눈치를 보며 물었다. 여운교가 뭐라 대답을 하기도 전 당령이 교소를 터뜨리며 고개를 숙였다.

"호호호! 인사가 늦었네요. 소녀, 당가의 가주 당령이라고 해요."

"헙!"

여하근의 입에서 헛바람이 터져 나왔다.

만독방과 가장 큰 적이라고 할 수 있는 당가의 가주를 코앞에서 만났으니 당연한 반응이다.

하지만 그런 놀라움은 이어지는 의문에 비할 바가 아니었다.

"어째서 그대가 여기에……."

경악스러운 얼굴로 말끝을 흐리는 여하근은 뭔가 대단히

혼란스럽단 모습이다.

그만큼 개천회와 당가의 조합은 상상도 할 수 없는 일이었다.

"마련만 개천회와 손을 잡으라는 법은 없는 것이니까요."

"하, 하면 당가가 개천회와 손을 잡았단 말인가?"

여하근이 믿을 수 없다는 얼굴로 되물었다.

"그런 셈이지요. 동맹이라기보다는 일종의 동업자라고나 할까요. 서로에게 필요한 것이 있어서 돕고 돕는 정도의."

"한데 이곳에 무슨 일이죠?"

여운교는 당가와 개천회가 손을 잡았다는 사실을 떠나 어째서 그녀가 이곳에 있는지에 초점을 두었다.

"당연히 만독방에 볼 일이 있어서죠."

당령의 미소에 여운교의 불길함은 커져만 갔다.

"어째서죠? 당가와 본 방이 만나서 좋은 일은 없을 텐데요."

"그렇게 날 세우지 말아요. 다 이유가 있으니까."

싱긋 웃은 당령이 품에서 책자 하나를 꺼냈다.

"이게 뭔지 아나요?"

"……."

답이 없자 당령이 고개를 갸웃거렸다.

"이상하네. 개천회를 통해서 전달했는데."

순간, 여하근의 눈동자가 번뜩였다.

"설마 만독마존 조사님께서 남긴 것인가?"

"맞아요."

"역시 당가에서 나머지 반을 가지고 있었군."

여하근은 당령의 손에 들린 책자에 시선을 떼지 못했다. 그의 눈동자에 드러난 것은 분명 탐욕이었다.

"뭘 잘못 알고 계시네요. 뭔가 오해하신 것 같은데 나머지 반이 아니라 전부예요."

"어째서 우리에게 조사님의 무공을 보내준 거지요?"

여운교가 잔뜩 긴장한 표정으로 물었다.

"미끼. 만독방을 이곳으로 오게 만들어야 했으니까요."

여운교가 자신도 모르게 주먹을 꽉 움켜쥐었다.

불길한 예감이 그대로 들어맞았다. 당가의 가주가 좋은 일로 찾아올 이유가 없는 것이다.

"만독마존께서 남긴 것을 보면 참으로 재밌는 것이 많아서요. 온갖 독공은 물론이고 사술까지."

당령이 책장을 건성으로 펼치며 말을 이었다.

"그중에서 아주 재밌는 내용이 있더군요. 몸뚱이는 금강불괴, 내뱉는 숨결은 극독이요, 몸에 돌고 있는 피조차 독으로 이뤄진 인간을 만들 수 있는 방법이요."

"네, 네년! 설마 독인(毒人)을 만들려는 것이냐?"

벌떡 일어난 여하근이 당장에라도 공격을 할듯 살기를 뿌리며 소리쳤다.

"역시 방주께선 알고 계셨군요."

"모른다."

여하근이 단호히 고개를 저었다.

만독방에 독인을 만드는 방법은 전해지지 않았다. 다만 인간으로서 절대 해서는 안 되는, 수많은 이들의 희생을 필요로 한다는 것만 알고 있었다.

"천인공노(天人共怒)할 짓이다. 어찌 그런 마물을 만들려고 한단 말이냐?"

"필요가 있으니까요. 그렇다고 당가의 식솔들을 희생할 수는 없고."

당령이 입가에 진한 미소를 지으며 여하근을 바라보았다.

그녀의 의도는 명백했다.

독인을 만들 때 성공할 수 있는 조건 중에 하나가 독에 어느 정도 내성이 있는 사람이라는 것이다. 당가를 배제했을 때 천하에 만독방만큼 완벽한 조건을 가진 자들은 찾기 힘들 터. 만독방을 독인을 만드는 재료로 사용하겠다는 것이었다.

여하근은 당령의 웃음을 보며 더 이상 참지 못했다. 여운교는 이미 그녀를 향해 살수를 날리고 있었다.

　당령은 두 사람의 공격에도 입가에 띤 미소를 지우지 않았
다.

제102장

남경(南京)을 향해

"허허허! 제대로 되었구나. 애썼다."

사마용이 기분 좋은 얼굴로 사마조를 칭찬했다.

"하지만 기대했던 최선의 결과는 아닙니다. 검존의 무공을 대성했다고 하기에 나름 치열한 싸움을 기대했건만, 풍월의 상대는 아니었던 모양입니다. 부상을 당하기는 한 것 같은데 딱히 목숨에도 지장이 없고요. 그가 이끌고 간 수하들 또한 전혀 피해를 당하지 않았다고 합니다."

풍월이 남궁결과 남궁세가 무인들을 주살하는 그림을 그렸던 사마조는 아쉬움이 가득한 얼굴이었다.

"그랬다면 최상이겠지만 놈이 남궁세가와 충돌한 것으로 충분하지 않겠느냐. 놈이 서문세가에서 탈출한 놈을 비호한 순간 무림에 퍼진 소문은 기정사실화된 것이다. 이 상황에서 조금만 더 작업을 하면 정무련과의 정면 대결을 이끌어내는 것도 어렵지는 않을 게다. 분위기가 오른 지금이 적기야."

"이미 준비를 해두었습니다. 조만간 패천마궁과 정무련은 필연적으로 부딪치게 되어 있습니다. 당가도 한 손을 거들게 될 것이고요."

사마조의 자신감 넘치는 대답에 사마용이 크게 기꺼워했다.

"좋구나. 계제에 혁련세가도 조금은 정리를 할 필요가 있을 것 같다. 서문세가가 사라진 지금, 제 놈들이 정의맹의 주인인 줄 알 게야."

"이번 일로 주 호법이 힘을 받았습니다. 그에게 조금 더 힘을 실어주면서 혁련세가의 힘을 위축시킬 수 있는 방법을 마련해 보겠습니다."

"혁련세가를 견제할 수 있도록 황산진가를 키우는 것도 나쁘지는 않을 것이다."

"예, 그 또한 추진하겠습니다."

"요즘처럼만 일이 풀리면 얼마나 좋겠느냐? 풍월이란 놈 때문에 얼마나 많은 이들이 꼬이고 어그러졌는지."

생각만으로도 진저리가 나는지 거칠게 고개를 흔든 사마용이 술잔을 빙글빙글 돌리며 웃었다.

"이제는 그놈이 당할 차례지."

그의 웃음이 끝나기도 전, 문이 벌컥 열리며 한 사내가 들어섰다.

사마조를 지근거리에서 보좌하는 사마중이었다.

"형님!"

"무슨 일이야? 무슨 일이 터졌길래 그런 표정으로 달려오는 건데?"

사마조가 다급히 물었다.

"남궁세가를 따르던 전령으로부터 보고가 올라왔습니다."

사마중의 대답에 사마조의 미간이 살짝 일그러졌다.

"조금 전에 나도 봤잖아, 풍월에게 박살이 났다는."

"그게 아닙니다. 형님께서 나가신 후, 또 다른 보고서가 올라왔습니다."

"무슨 내용인데?"

"놈의 행선지가 밝혀졌습니다."

"풍월이? 서문세가로 가는 것이 아니었어?"

"아닙니다. 놈이 가는 곳은 진회하입니다."

"진회하? 거긴 갑자기 왜……."

고개를 갸웃거리며 중얼거리던 사마조의 얼굴이 어느 순간 딱딱하게 굳었다.

"서, 설마 하오문?"

덜덜 떨리는 음성으로 묻는 사마조의 낯빛은 어느새 썩은 감자처럼 검게 변해 있었다.

"예, 정확히는 하오문주를 구하러 간다고 합니다. 그들이 전령을 보내 구원 요청을 했다고……."

"병신같이!"

사마조가 버럭 소리를 질렀다.

"단 한 놈도 빠져나가지 못하게 완벽하게 틀어막아야 한다고 했거늘!"

자신도 모르게 화를 내던 사마조는 사마용의 앞이라는 것을 인식하고 황급히 머리를 숙였다.

"죄송합니다, 할아버님."

"아니다. 네 말대로 완벽하게 차단을 해야 했다. 그걸 하지 못한 놈들이 잘못한 것이지."

사마용 또한 풍월에게 향하는 전령을 차단하지 못한 것에 노기를 드러냈다.

"또 어떤 얘기가 있더냐?"

사마조가 잔뜩 얼어 있는 사마중에게 물었다.

"하오문주가 보낸 전령을 만난 풍월은 이번 거사의 계기가 된 하오문의 정보에 대해 원천적인 의문을 가지고 있으며, 자신이 하오문주를 만나게 되면 모든 일이 명백하게 밝혀질 것이라 단언했다 합니다. 남궁세가에도 함께 가서 확인을 해보자는 제안도 했는데 남궁세가가 그 제안을 거절하면서 싸움이 벌어진 것이고요."

"밝혀지지. 놈이 하오문주를 만나게 되면 모든 것이 본 회의 계략이라는 것이."

사마조가 미간을 지그시 누르며 한숨을 내쉬었다.

"막아야 하지 않겠느냐?"

사마용이 탄식하며 물었다.

"막아야지요. 무슨 일이 있어도 막아야 합니다. 하지만 본 회가 서문세가에서 치명타를 당한 것처럼 알려진 상황입니다. 드러내 놓고 놈을 막다가는 모든 계획이 수포로 돌아갑니다."

"하면 어찌해야 하느냐?"

"풍월을 막는 것은 지금 상황에서 너무 위험합니다. 가능하다 하더라도 얼마나 많은 피해를 당하게 될지 가늠조차 되지 않고요. 풍월이 아니라 절진에 몸을 숨기고 있는 하오문주와 수뇌들을 제거해야 합니다."

"하지만 방법이 없지 않느냐? 이미 가능한 모든 방법을 동원하였지만 소용없다고 했다. 염 호법이 불가능하다면 불가능한 것이야. 풍월이 온다고 해도 절진을 뚫고 들어갈 수 있을지는 미지수다."

"어떻게든 찾아내야지요. 그것이 안 되면 산 전체를 날려버리는 수라도 쓸 것입니다."

사마조의 단호한 모습에 침음을 내뱉은 사마용이 고개를 끄덕였다.

"좋다. 본 회가 사용할 수 있는 수단을 총동원하여 진을 뚫어라. 하지만 알다시피 쉽지는 않을 게다. 풍월의 도착을 최대한 늦춰야 하는 수단도 강구해야 할 터. 그에 관한 모든 권한을 네게 주도록 하마."

"감사합니다."

"대신 반드시 뚫어야 할 것이다."

"예, 반드시 뚫겠습니다."

사마조가 스스로에게 다짐하듯 결의를 다지며 이를 악물었다.

＊　　　　＊　　　　＊

형산포국에서 하룻밤을 보낸 풍월 일행은 은혼이 수배한 상선을 타고 곧바로 북상을 한 뒤, 상선의 도착지인 동정호에서 또 다른 상선으로 갈아타고 남경으로 향했다.

그사이 풍월과 남궁세가와의 충돌은 무림에 큰 화제가 되었다.

소문은 풍월 일행의 이동 속도보다 훨씬 빨리 퍼져 나갔다.

남궁세가의 신성 남궁결의 패배엔 다들 그러려니 했다. 오히려 풍월의 배려 덕분에 목숨을 부지한 것을 그나마 다행으로 여겨야 한다는 반응이 대부분이었다.

사람들이 신경을 쓰는 소문은 풍월이 멸문지화를 당했다고 알려진 하오문의 문주와 수뇌들을 구하러 간다는 사실이었다.

무엇보다 사람들을 혼란케 한 것은, 풍월이 서문세가를 개천회로 판단하는 데 결정적인 역할을 한 하오문의 정보가 잘못되었을 수도 있다고 주장한 것이다.

풍월은 자신의 주장에 대한 증거로 자신에게 구원 요청을 하기 위해 온 전령이 서문세가의 일을 전혀 알지 못한다는 것을 예로 들었다.

동시에 하오문주를 구하면 모든 의문이 해결된다고 하였다.

풍월의 주장으로 인해 그동안 음모론을 제기했다가 침묵을 할 수밖에 없던 자들이 다시금 목소리를 높였다. 자연적으로 서문세가를 치는 데 주도적으로 움직였던 남궁세가와 정의맹 등은 난처한 입장에 처할 수밖에 없었다.

그렇다고 딱히 어떤 행동을 취할 입장도 아니었다.

풍월이 비록 서문세가를 탈출한 자들을 구원했고 그 과정에서 남궁세가와 충돌을 했지만, 결론적으로 목숨을 잃거나 크게 부상을 당한 사람은 없었다.

더구나 무조건적으로 서문세가를 두둔하는 것이 아니라 개천회의 공격으로 인해 위험에 빠진 하오문주를 구하고, 그 과정에서 자연적으로 모든 의혹이 해소될 수 있다고 주장하는 것이었으니 제지할 명분도 없었다.

오히려 힘을 보태야 한다는 주장이 곳곳에서 터져 나오는 실정이었다.

풍월의 행보를 예의 주시하면서 사람들은 조금씩 최악의 결과를 예상하기 시작했다.

풍월의 주장대로 서문세가가 개천회가 아니라면, 하오문의 정보가 잘못된, 아니, 어떤 불순한 의도를 가진 자들에 의해 조작된 것이라면 어찌해야 하는가.

정의맹의 한 축이자 신흥삼대세가로서 무림을 위해 많은 역할을 한 명문세가를 잘못된 정보로 멸문시킨 상황이니 누가, 어떻게 책임을 져야 하는 것인지 가늠조차 되지 않았다.

남궁세가는 침묵했다.

정의맹도 침묵했다.

오직 제갈세가만이 공식적으로 봉문을 해제하고 풍월의 최종 목적지라 할 수 있는 남경으로 제자들을 급파했다.

서문세가를 공격했던 이들은 물론이고 참여하지 않았던 모든 이들이 저마다의 생각을 가지고 풍월의 행보를 주시했다.

그런데 정작 무림에 평지풍파를 일으킨 풍월과 그 일행은 남경을 향하는 상선에서 장강의 아름다운 풍광을 감상하며 여유로운 시간을 보내고 있었다.

"아으으으으!"

입이 찢어져라 하품을 하며 기지개를 켠 황천룡이 선미에 앉아 주변 풍광을 안주 삼아 술잔을 기울이고 있는 풍월과 형응에게 다가갔다.

"일어나셨어요?"

유연청이 자리에 앉는 황천룡에게 술잔을 건넸다.

"예, 한참을 잔 것 같은데 여전히 해가 쨍쨍합니다."

지겨운 표정을 지은 황천룡이 은혼을 향해 고개를 돌렸다.

"앞으로 얼마나 더 가야 되는 거야?"

"이틀 왔으니 이틀 정도는 더 가야 할 겁니다."

"젠장, 이틀밖에 안 된 건가? 한 열흘은 된 것 같은데."

한숨을 내쉰 황천룡이 벌컥벌컥 술을 들이켰다.

"주변 풍광이 너무 아름다워서 시간 가는 줄도 모르겠는데 황 아저씨는 지겨운 모양입니다."

풍월의 웃음 섞인 말에 황천룡이 고개를 저었다.

"아름답고 멋지긴 해도 어차피 다 거기서 거기잖아. 반나절만 봐도 충분한데 며칠이나 똑같은 풍경을 보고 있자니 지루해 죽을 지경이다."

말을 하면서 슬며시 고개를 돌린 황천룡이 도끼눈을 하고 쳐다보는 위지평을 향해 혀를 내밀었다.

자꾸만 말이 꼬이는 자신을 위해 예전처럼 편하게 대하라는 풍월의 말이 있었기에 위지평이 노려보건 말건 거칠 것이 없었다.

"한데 무림은 우리 때문에 난리라던데 다들 너무 태연한 거 아냐? 특히 서문세가를 공격했던 놈들은 아주 똥줄이 타는 모양이던데."

황천룡이 낄낄대며 웃자 풍월이 어깨를 으쓱이며 말했다.

"그들만 똥줄이 타는 건 아닐 겁니다."

"무슨 말이야?"

황천룡이 유연청이 말린 생선을 찢어 입에 넣으며 물었다. 대답은 풍월이 아니라 형응이 대신했다.

"이번 음모를 꾸민 자들도 똥줄이 타고 있을 겁니다. 단순히 서문세가의 권력을 뺏기 위해서 음모를 꾸민 것이라면 자신들의 정체가 드러날 것을 두려워해야 할 테니까요."

"아, 하긴 그러네. 그런데 개천회가 수작을 부렸을 가능성이 높잖아."

"예, 서문세가가 놈들의 주구가 아니라는 것을 가정했을 때, 개천회는 지금의 상황만으로도 충분한 이득을 얻었다고 봅니다. 완전히 모습을 감추는 것에는 실패를 해도, 그들의 야욕을 감안했을 때 서문세가라는 명문세가를 제거하는 것 자체가 이득입니다. 게다가 그 과정에서 남궁세가나 정의맹은 치명적인 타격을 받습니다. 그들의 잘못된 판단으로 억울한 희생자가 나온 셈이니까요. 하지만 정말 개천회가 저지른 일이라면, 그것만으론 만족하지 않을 것 같기도 합니다."

"그건 또 뭔 소리야?"

이해할 수 없는 말에 황천룡이 미간을 찌푸리며 물었다. 풍월이 형응의 말을 이어받았다.

"군사의 분석에 의하면 개천회는 정파 내분의 혼란과 분열을 원하고 있지만, 어쩌면 궁극적으로 노리는 것은 패천마궁일 가능성이 높다고 했습니다."

풍월의 말에 황천룡은 더 이상의 이해를 포기했다.

"아, 진짜!"

풍월이 거칠게 술병을 낚아채는 황천룡을 보며 웃음을 터뜨렸다.

"하하하! 어렵게 생각할 것 없습니다. 군사의 생각을 간단히 말하자면 개천회는 서문세가를 개천회로 둔갑하여 몰락시킨 뒤 패천마궁을 정무련, 정의맹과 충돌시키려 한다는 겁니다. 제가 개천회 사람일 수도 있다는 말이 급격히 퍼지는 것도 놈들의 수작일 거라더군요. 아, 흡성대법 운운하며 나를 무림공적으로 만든 것도 개천회에서 주도했을 거랍니다."

"아, 이제 이해가 되네. 결국 군사는 이번 일을 개천회가 꾸민 것으로 본다는 거군."

"확정은 아니나 가장 가능성이 높다고 봅니다."

"그럼 하오문주는 정말 위험해지는 거 아냐? 나 같으면 무슨 수를 써서라도 제거를 하겠다. 그자들만 사라지면 개천회가 개입했다는 증거가 없잖아."

"글쎄요. 그게 그리 쉽지는 않을 겁니다."

풍월이 묘한 웃음을 지으며 말했다.

아직까지 그는 하오문주의 구원 요청에 대해서만 설명을 했지, 천뇌마존이 흔적을 남겼다는 것을 알리지 않았다. 정말 천뇌마존의 안배가 있는 곳이라면 천하의 개천회라도 쉽게 뚫지는 못할 것이다. 도화원에서 천뇌가 설치한 절진을 누구보다 지독하게 경험한 풍월은 하오문주가 안전할 것이라 확신했다.

"그나저나 이쯤 되면 등장을 해야 하는데. 많이 늦네."

"왜? 누구 기다리는 사람이라도 있는 거야?"

황천룡이 손으로 찢은 안주를 내밀며 물었다.

"딱히 기다리는 것은 아니지만… 크, 말이 씨가 되는 건가."

풍월의 입에서 너털웃음이 터져 나왔다.

그의 시선이 머무는 곳, 세 척의 날렵한 배가 상선을 향해 포위하듯 다가오고 있었다.

"뭐지, 저것들은?"

배의 움직임이 심상치 않다고 여긴 황천룡이 날카로운 눈빛으로 빠르게 접근하는 배를 살폈다.

상선에 오십여 장 정도까지 접근한 배가 천천히 움직임을 멈췄다.

가장 큰 배가 상선과 마주했고, 나머지 두 척이 좌우로 흩어져 상선을 포위했다.

"아무래도 우리한테 용건이 있는 것 같아. 특히 저 배를 보니 아무래도 내가 아는 작자들 같은데 말이야."

황천룡이 정면으로 마주하고 있는, 온통 검은색으로 치장

되어 있는 배를 가리키며 말했다.

"누굽니까?"

풍월이 물었다.

"흑성채(黑星寨). 장강수로맹에 속한 놈들이다."

"하면 다른 놈들도 흑성채의 수적들인가요?"

풍월이 다시 물었다.

"아니, 그건 아닌 것 같은데. 잘은 모르겠지만 다른 놈들 같아. 흑성채가 제법 규모가 있는 놈들이지만 저렇듯 큰 배를 세 척이나 지니고 있지는 않아."

황천룡이 고개를 젓자 알았다는 듯 가볍게 고개를 끄덕인 풍월이 벌겋게 달아오른 얼굴로 달려오는 선장을 보며 말했다.

"확인해 보면 알겠네요."

"고, 공자님."

풍월 앞으로 달려온 선장이 불안한 기색으로 머리를 조아렸다.

"수적이지요?"

"그렇습니다."

"앞에 있는 놈들이 흑성채라는 건 알겠는데 다른 놈들은 뭡니까?"

"좌측은 비호채고, 오른쪽은 봉황채입니다. 이곳은 그들의 영역도 아닌데 어째서 저들이 이곳에 나타났는지 모르겠습니다."

"저들이 뭘 원하는 것 같습니까?"

"평소엔 약간의 통행세를 내기만 하면 별일 없었습니다. 하지만 지금은……."

선장은 수적들이 단순히 통행세를 노리는 것이 아님을 직감적으로 느끼고 있었다.

더불어 화물을 실어 나르던 배에 쓸데없는 사람들을 태워 이 사달을 만든 것을 자책했다.

'그놈의 돈이 뭔지.'

선장은 은혼이 제시한 두둑한 뱃삯에 눈이 뒤집힌 것을 후회, 또 후회했다. 그런 선장의 표정을 본 황천룡이 껄껄 웃으며 말했다.

"걱정 마쇼, 선장. 저 병신 같은 수적 놈들 오늘 제대로 임자를 만났으니까."

"예? 아, 예."

고개를 끄덕이고는 있지만 선장의 굳은 얼굴은 펴질지 몰랐다.

"그런데 저자들, 누구의 사주를 받은 것일까요? 아니면 그때의 복수를 하려고 하는 걸까요?"

형웅이 정면의 배를 응시하며 물었다.

"복수? 무슨 소리야. 복수라면……."

황천룡이 기억을 더듬는 사이, 유연청이 나직이 말했다.

"일전에도 한 번 부딪쳤잖아요. 삼룡채하고 흑림채, 백골채가 잿더미로 변했고. 장강수로맹의 총순찰과 장로 둘도 목숨을 잃었고."

"아, 맞다."

황천룡이 무릎을 탁 쳤다.

"분수도 모르고 날뛰던 황가 놈하고 늙은이들이 뒈졌지요. 기억이 납니다."

풍월이 형웅의 어깨에 손을 얹으며 말했다.

"그때의 원한을 기억하고 있는 장강수로맹의 복수일 수도 있겠지만, 다른 자들의 사주를 받았다고 보는 게 맞을 거다. 아니, 개천회라면 사주라기보다는 명령이겠다. 정황상 장강수로맹도 개천회에게 굴복한 것 같으니까."

"한데 고작 수적으로 우리를 막으려 하다니, 개천회나 장강수로맹이나 미친 거 아냐?"

황천룡이 기가 막히다는 표정을 지을 때 정면의 배에서 폭음과 함께 날카로운 파공성이 들려왔다.

파공성이 끝났을 때 배에서 좌측으로 한참 떨어진 곳에 커다란 물보라가 생겨났다.

그것이 시작이었다.

연이은 파공성과 함께 배 주변 곳곳에 커다란 물보라가 생겨났다. 처음엔 배와 한참이나 떨어진 곳에 생겨났던 물보라가 점점 배와 가까워지고 있었다.

"미친! 수적 놈들이 웬 화포야!"

갑자기 들이친 물보라에 흠뻑 젖은 황천룡이 분통을 터뜨렸다.

"단순히 쇳덩이만 날리는 구식 화포군요. 군에서 쓰는 화포가 아니라 천만 다행입니다만, 그것만으로도 충분한 위협이 됩니다."

은혼이 걱정스러운 얼굴로 말했다. 그의 말을 증명이라도 하듯 기세 좋게 날아든 포탄이 돛대를 직격했다. 어지간한 장정보다 더 두꺼운 몸통을 지닌 돛대가 반으로 부러져 넘어갔다.

"조심해랏!"

천마대주 물선이 천마대원들의 머리 위로 떨어져 내리는 돛대를 보고 다급히 외쳤다. 요란한 소리를 내며 갑판에 처박힌 돛대가 한 뼘이나 되는 바닥으로 깊숙이 파고 들어갔다.

"영악한 새끼들. 정면으로 부딪치면 상대가 안 되니까 아예 방법을 바꿨네."

황천룡은 멀리서 포탄만 쏴대는 적들을 보며 이를 갈았다.

"선장, 배 좀 가까이 대보쇼."

황천룡이 납작 엎드려 어쩔 줄을 몰라 하는 선장에게 소리쳤다.

"부, 불가능합니다. 돛대가 부러져서, 아니, 돛대가 성하더라도 수적들의 배가 이 배보다 훨씬 빠릅니다. 아이고!"

더듬거리며 말을 하던 선장이 비명을 내질렀다. 포탄 하나가 바로 옆에 떨어졌기 때문이다.

비록 폭발은 하지 않았지만 위력은 상당했다. 포탄이 떨어진 곳에 커다란 구멍이 뚫리는 것은 물론이고 주변까지 산산조각이 났다.

"무슨 방법을 찾아야 할 것 같은데요. 이대로 있다간 골치 아플 것 같습니다."

형웅이 순식간에 만신창이가 되고 있는 배와 우왕좌왕하는 천마대를 힐끗 바라보며 말했다.

육지에서야 적이 없다지만, 배 위에서 그들이 할 수 있는 것은 아무것도 없었다.

"네가 고생 좀 해야겠다."

"예?"

풍월은 형웅의 반문에 말이 아닌 행동으로 대답을 했다.

풍월이 곁에 있던 밀은단원의 검을 빼 들며 소리쳤다.

"뛰어!"

말과 함께 검이 허공을 갈랐다.

형웅은 생각할 겨를도 없이 몸을 날렸다. 그러고는 검을 밟고 허공으로 도약했다.

단숨에 십여 장을 날아가던 형웅의 몸이 아래로 추락할 때 그의 발밑으로 또 다른 검이 날아들었다. 형웅이 발밑으로 날아든 검을 밟고 재차 도약을 했다.

그야말로 완벽한 호흡이었다.

형웅은 추락할 때마다 정확히 날아드는 검을 디딤돌 삼아 정면에서 미친 듯이 화포를 쏘아대는 흑성채의 배를 향해 날아갔다.

풍월이 날린 열다섯 번째의 검을 박차고 뛰어오른 형웅이 마침내 흑성채의 배 갑판에 내려섰다.

"이 병신들아! 뭣들 해! 당장 공격해랏!"

경악한 얼굴로 형웅을 바라보던 흑성채의 수적들이 채주의 외침에 황급히 형웅을 에워쌌다. 거의 백여 명에 이르는 인원에 포위되면서도 형웅은 당황하지 않았다. 오히려 냉소를 지으며 그들을 노려볼 뿐이었다.

"저 먼 거리를……."

황천룡은 넋이 나간 얼굴로 풍월과 형웅이 뛰어내린 적선을 번갈아 바라보았다. 그런 황천룡의 모습에 웃음을 터뜨린 풍월이 다시금 검을 들었다.

"준비해요."

"뭐? 나, 나… 도?"

황천룡이 기겁한 얼굴로 풍월을 바라보았다.

"할 수 있어요."

"하지만……."

"이대로 있다가는 침몰해요. 다른 사람을 보낼 수도 있지만 장강수로맹에 속한 수적들이니 나름 뛰어난 자들이 있을 겁니다. 다른 사람을 보내자니 아무래도 위험해서요."

그 말에 발끈한 물선이 앞으로 나섰다.

"제가 가겠습니다."

"저를 보내주십시오."

위지평도 나섰다.

"이것들이 왜 나서? 찌그러져 있어."

버럭 호통을 쳐서 두 사람을 밀어냈지만 황천룡의 표정은 여전히 자신이 없었다.

"내가 할 수 있을까?"

"집중만 하면 어렵지 않아요. 할 수 있습니다."

"좋아. 까짓것 수적 놈들한테 이참에 녹림의 매운 맛을 보여주는 것도 나쁘지는 않겠지."

애써 각오를 다지며 준비를 하는 황천룡에게 유연청이 걱정스러운 얼굴로 다가왔다.

"조심해요."

"걱정 마세요, 아가씨. 박살을 내버리겠습니다."

유연청의 얼굴을 보며 각오를 다진 황천룡이 심호흡을 하며 떨리는 마음을 다잡았다.

"준비됐습니까?"

"그래."

"뛰세요."

풍월의 말과 함께 갑판을 가로지른 황천룡이 난간을 박차며 힘차게 도약했다.

그의 발밑으로 어김없이 풍월이 날린 검이 도착을 했다.

발밑으로 날아오는 검을 디딤돌 삼아 뛰어오르는 황천룡.

비조처럼 날랜 형용과는 달리 어딘지 모르게 불안했다.

허공에서 몇 번이나 휘청거리기까지 했다. 그래도 무사히 적의 배에 뛰어내릴 수가 있었다.

불안한 얼굴로 그를 바라보던 이들의 입에서 일제히 함성이 터져 나왔다.

"이제 하나만 남은 건가?"

풍월이 우측에서 포를 쏘아대는 적선을 향해 몸을 돌리자 물선과 위지평이 기대에 찬 얼굴로 바라보았다. 풍월이 고개를 저었다.

"뭘 원하는지 알지만 위험해서 안 된다. 황 아저씨도 솔직히 불안해."

고개를 저은 풍월이 쓰러진 돛대를 향해 걸어가더니 목판 몇 조각을 잘라 왔다. 그러고는 유연청을 향해 말했다.

"처음을 부탁해."

고개를 끄덕인 유연청이 위지평이 건네는 검을 받았다.

"조심해요."

"걱정하지 마."

유연청의 당부에 고개를 끄덕인 풍월이 몸을 날렸다.

그 순간 유연청이 던진 검이 적절하게 날아들었다. 하지만 어느 순간부터 유연청이 던지는 검이 아닌, 손에 들고 있던 목판을 미리 바다에 던져 디딤돌로 삼았다.

목판을 바다에 던지고 그 목판을 디딤돌 삼아 전진하는 풍월의 모습은 가히 물 찬 제비와 같았다.

단 몇 번의 도약으로 적선에 오르는 데 성공한 풍월이 입을 쩍 벌린 채 바라보는 수적들을 향해 말했다.

"항복하면 살려는 준다."

수적들이 서로 눈치만 보고 있자 풍월은 우선적으로 화포를 쏘고 있던 자들을 향해 움직였다.

이에 몇몇 수적들이 반응을 했지만 접근조차 하지 못하고 고꾸라졌다.

멀리서 이를 지켜보던 봉황채주 황경은 곧바로 결단을 내렸다.

배 안에 백 명 가까운 수하들이 있지만 제대로 무공을 익힌 자들은 오십 안쪽이었고 나머지는 오합지졸에 불과했다.

무공을 익혔다고 해도 풍월과 같은 고수를 상대로 싸운다는 것 자체가 기름을 지고 불길로 뛰어드는 짓이었다. 후환이 두렵기는 했으나 당장 목숨을 부지하는 것이 더 급했다.

"모, 모두 멈춰라!"

황경이 고래고래 소리를 질러대며 앞으로 나왔다.

"항복하겠습니다."

납작 엎드리는 황경을 보며 풍월은 고개를 끄덕였다.

"좋은 선택이다. 네가 수하들을 살렸다."

"가, 감사합니다."

"누가 우리를 공격하라 시켰지?"

"그, 그건……."

풍월은 아무런 말도 없이 지그시 그를 바라보았다.

오싹한 느낌을 받은 황경이 황급히 입을 열었다.

"장강수로맹의 맹주께서 명을 내리셨습니다."

"저들도?"

"예, 그런 것으로 압니다."

"장강수로맹, 개천회의 주구가 된 것이냐?"

"그건 모르겠습니다. 맹주께서 바뀐 것은 사실이나 그 외에 별다른 점은 없습니다."

황경의 말에는 거짓이 없는 것 같았다.

녹림의 수뇌가 개천회의 주구로 바뀌었지만 대다수가 그것을 인지하지 못했듯 장강수로맹 역시 마찬가지였다.

"알았다. 자, 배를 상선에 붙여라."

"예."

두려운 얼굴로 몸을 일으킨 황경이 손짓 발짓을 해가며 잔뜩 얼어 있는 수하들에게 명을 내렸다.

잠시 후, 풍월이 나포한 배가 침몰하기 직전의 상선에 접근했다.

상선에 있는 수하들과 몇몇 상인들이 옮겨 탔다. 그러고는 해적들을 이용하여 배에 실린 화물을 옮기게 했다. 그사이 혹성채를 완전히 제압한 형응도 배를 움직여 다가왔다.

"고생했다."

"뭘요. 수적들에 불과한데요."

형응이 피식 웃었다. 마치 산보라도 하고 온 듯 태연한 얼굴이다. 그에 반해 황천룡이 뛰어든 배에선 아직도 싸움이 이어지는 것 같았다.

"오래 걸리는데요."

"그러게. 무리는 하지 않았으면 좋겠는데."

풍월의 말이 끝나기가 무섭게 황천룡이 괴성을 질러대며 배 밖으로 뛰어내렸다.

열심히 헤엄을 치는 것을 보니 부상을 당해 추락한 것이 아니라 자의로 뛰어내린 것이 확실했다.

"무리는 안 하네요."

"하하! 그러게 말이다."

고개를 절레절레 흔드는 형웅을 보며 풍월이 실소를 터뜨렸다.

*   *   *

꽝! 꽝! 꽝!

천지가 무너지는 굉음과 함께 사방에서 불기둥이 솟구쳤다. 자욱한 연기, 불기둥을 따라 치솟은 흙먼지가 온 세상을 뿌옇게 뒤덮었다.

"대단한 위력이군."

오십여 장 떨어진 곳에서 몸을 피하고 있던 염초는 전신을 뒤흔드는 진동에 놀라움을 감추지 못했다.

"벽력탄이 이십 개에, 관에서 빼돌린 화약만 삼백 근이 쓰였습니다. 이 정도 양이면 어지간한 야산은 흔적도 없이 사라지게 만들 수 있지요."

자신만만해하는 별기당주 길만의 모습과는 달리 아직도 화염에 휩싸인 계곡을 살피는 사마조와 염초의 모습은 그리 밝지 못했다.

사마조는 풍월이 하오문주를 구하기 위해 움직였다는 소식을 듣자마자 진회하로 달려왔다. 제갈세가에 밀려 늘 두 번째 자리를 차지하지만 그 누구도 무시하지 못하는 사마세가의 지낭들 또한 은밀히 움직였다.

사마조와 사마세가의 지낭들, 염초가 한데 모여 하오문주와 수뇌들이 숨어 있는 계곡의 절진을 파훼하기 위해 최선을 다했다. 이를 위해 백여 명이 넘는 인원도 희생되었다.

사실 그들이 희생된 것인지 아닌지도 확인이 되지 않았다. 계곡으로 진입한 사람 중 단 한 명도 돌아오지 못했기 때문이다.

수많은 방해 공작에도 불구하고 풍월의 도착 시간이 점점 가까워지자 결국 그들이 선택할 수 있는 방법은 계곡에 펼쳐진 절진을 물리적으로 파괴하는 방법뿐이었다.

뒤늦게 합류한 이장로 사마풍과 사장로 사마본, 오장로 주요성이 절진을 깨기 위해 나섰다.

팔대마존과 우내오존의 무공을 극성으로 익혀낸 그들의 합공은 그야말로 경천동지할 위력을 지녔다. 그 어떤 시도보다 절진을 깰 가능성이 높았다.

모든 이들의 기대에 찬 시선을 받으며 전력을 다해 절진과 부딪친 세 사람.

기대가 무너지는 것은 순식간이었다. 세 사람 모두 심각한 내상을 당하고 피를 토하면서 절진을 깨기 위해 자신이 지닌 무공을 한계까지 쏟아냈지만 계곡에 펼쳐진 절진은 철옹성처럼 버텨냈다.

세 명의 장로가 전력을 다해 부딪친 시도가 실패하자 그동안 은밀히 군에서 화약을 빼돌리고 있던 길만이 나섰다.

길만의 말대로 이십 개의 벽력탄과 삼백 근의 화약이 동시에 터진 위력은 대단했다.

오십여 장이나 떨어져 있음에도 뜨거운 열기와 휘몰아치는 폭풍에 눈조차 제대로 뜰 수 없을 지경이었다.

그럼에도 불구하고 사마조와 염초가 길만만큼 확신을 가지지 못하는 것은 계곡에 펼쳐진 절진이 그만큼 대단했기 때문이다.

지옥의 염화만큼이나 무섭게 타오르던 화염이 걷히고 주변을 휩쓸던 열 폭풍과 흙먼지가 가라앉기 시작했다.

성공을 자신하는 길만이 기대에 찬 얼굴로 계곡을 바라보았다. 사마조와 염초 또한 불안감 속에서도 성공하길 간절히 바라며 결과를 지켜봤다.

"아!"

사마조의 입에서 안타까운 탄식이 터져 나왔다.

멍한 눈으로 바라보는 정면, 벽력탄과 화약이 터진 계곡 입구는 말 그대로 초토화가 되었지만 연무 너머로 보이는 계곡의 풍경은 여전히 평온했다.

"마, 말도 안 되는……."

입을 쩍 벌린 길만은 휘둥그레진 눈으로 몇 번이나 계곡을 살폈다.

"허! 정말 지독한 진이로고. 대체 누가 이런 말도 안 되는 절진을 설치했단 말인가."

염초의 입에서 허탈함, 아니, 단순히 허탈함과는 비교조차할 수 없는 씁쓸하고 절망감이 가득 묻어나는 음성이 흘러나왔다. 평생 동안 기관진식에 매진해 왔기에 거듭되는 패배감을 견디기가 힘들었다.

"이제 어찌해야 한단 말인가. 더 이상 우리가 사용할 수 있는 방법이 없네."

염초가 아직도 멍한 얼굴로 계곡을 바라보는 사마조에게 물었다.

염초의 말에 퍼뜩 정신을 차린 사마조가 단호히 고개를 저었다.

"아직 끝나지 않았습니다. 화염대주."

피가 나도록 입술을 깨문 사마조가 화염대 대주를 불렀다.

"예."

화염대 대주 만중이 긴장된 얼굴로 나섰다.

"준비는 되었나?"

"예, 대기 중입니다."

"시작해라."

"알겠습니다."

힘찬 대답과 함께 물러난 만중이 손짓 발짓을 해가며 수하들에게 명을 내렸다.

"마지막 방법이라면, 혹 그건가?"

뭔가 짚이는 것이 있었던 염초가 만중의 뒷모습을 보며 물었다.

"예."

"폐기된 계획 아니었나?"

"폐기하지는 않았습니다. 후순위로 밀린 것뿐이죠."

"그것이 가능할 것 같은가?"

염초가 어이없는 얼굴로 물었다.

"지금 상황에서 가능 유무를 따지는 것은 아무런 의미가 없습니다. 내일이면 풍월이 도착합니다. 천류곡의 상황도 그다지 좋은 것 같지는 않습니다."

"천류곡이?"

염초가 미간을 찌푸렸다.

천류곡은 진회하로 몰려든 자들의 이목을 속이기 위해 개천회에서 만든 미끼였다.

염초가 곳곳에 절진을 설치했고, 뒤늦게 도착한 사마세가의 지낭들이 보완을 했기에 천류곡엔 눈앞의 절진만큼은 아니더라도 누구도 쉽게 깰 수 없는 절진이 설치되었다.

다만 상대가 좋지 못했다. 풍월보다 앞서 도착한 제갈세가의 두뇌들이 전력을 다해 진을 파훼하기 시작한 것이다.

염초와 사마세가의 지낭들이 대단하다면, 그들을 능가하는 것이 제갈세가의 인물들. 천류곡에 설치된 절진이 파훼되는 것은 시간문제였다.

"이미 삼분지 이 이상이 파훼되었다고 합니다. 빠르면 내일 아침, 늦어도 오후면 천류곡의 실체가 드러날 것 같습니다."

"귀신같은 놈들."

이를 부득 가는 염초의 입가에 씁쓸함이 묻어났다.

"그다지 가능성이 없다는 것은 저도 압니다. 하지만 일 푼의 가능성이라도 있다면 시도를 해봐야겠지요."

붉게 충혈된 사마조의 눈에서 그의 집념을 느낀 염초가 고개를 끄덕였다.

"알았네. 내 더 이상 왈가왈부하지 않겠네."

염초가 물러나고 잠시 후, 주변이 온통 고양이 소리로 뒤덮였다. 만중을 필두로 수십 명의 수하들이 각자 서너 마리의 고양이를 데리고 나타난 것이다.

며칠 동안 굶긴 고양이들은 무척이나 거칠고 공격적이었다. 잔뜩 성이 난 채 이빨을 드러내고 발톱을 마구 휘둘러댔다. 목줄을 틀어쥐고 있지 않았다면 난장판으로 변했을 터였다.

고양이들을 데리고 나타난 자들이 계곡을 향해 도열하자 이어 커다란 상자 열 개를 실은 마차가 접근했다. 마차가 모습을 드러내자 그렇잖아도 시끄럽게 굴던 고양이들이 더욱 난리를 쳤다.

"준비되었습니다."

만중이 사마조를 향해 공손히 말했다.

"시작해라."

"예, 위험할 수 있으니 다들 물러서시는 게 좋겠습니다."

"음, 알았다."

만중의 경고에 사마조를 비롯하여 절진을 깨기 위해 모여 있던 이들이 일제히 뒤로 물러났다.

사람들이 물러난 것을 확인한 만중이 마차 주변에 있던 수하들을 향해 소리쳤다.

"시작해라."

명이 떨어지자 대기하고 있던 사내들이 마차에 실려 있던 상자를 앞으로 옮기더니 동시에 문을 열고 황급히 뒤로 물러났다. 그들이 물러난 자리에 고양이를 앞세운 자들 중 몇이 자리를 채웠다.

문이 열린 상자에서 쏟아져 나온 것은 수천 마리의 쥐였다. 특이한 것은 쥐들의 꼬리에 조그만 종이 주머니가 하나씩 묶여 있다는 것이었다.

쥐가 쏟아져 나오자 고양이들이 갈기를 세우며 발광했다. 목줄을 틀어쥐고 있는 자들이 감당하기 버거울 정도였다.

백 마리도 넘는 고양이가 내뿜는 살기에 노출된 쥐들은 옴짝달싹도 하지 못했다. 하지만 맨 후미에 있던 사내들의 손에서 자유롭게 풀린 고양이가 달려들자 일제히 앞으로 달리기 시작했다.

옆으로 빠질 길은 없었다. 고양이들의 목줄을 틀어쥔 채 좌우에 도열해 있던 사내들이 순차적으로 고양이를 풀었기 때문이다.

수천 마리의 쥐가 고양이들의 위협에서 벗어나기 위해 천뇌곡을 향해 일직선으로 내달렸다.

본능적인 두려움을 느낀 것인지 선두에 선 쥐들의 움직임이 연무 앞에서 갑자기 굼떠졌지만 미지의 두려움보다는 뒤에서 달려드는 고양이들에 대한 공포가 더 강했다.

결국 대다수의 쥐들이 계곡으로 뛰어들어 가는 데 성공을 했다. 하지만 고양이는 그렇지 못했다. 연무에 대한 두려움 때문에 멈춘 것은 아니다. 연무에 뛰어들어 보지도 못한 채 입에 거품을 물고 온몸을 부르르 떨어대며 쓰러졌다.

　선두에 섰던 쥐들이 연무에 대한 두려움으로 잠시 멈칫한 순간, 생존을 위해 발광하던 쥐들이 뒤를 덮치고 뒤엉키면서 상당한 수의 쥐들이 고양이에게 덜미를 잡혔다. 그 과정에서 쥐의 꼬리에 매달려 있던 주머니가 터져 나간 것이다. 주머니에는 조금만 흡입해도 치명적인 독 가루가 들어 있었다.

　"모두 물러나라."

　고양이가 픽픽 쓰러지는 것을 보며 만중이 황급히 외쳤다. 그의 외침에 고양이를 데리고 계곡에 접근했던 수하들이 일제히 뒷걸음질 쳤다.

　계곡 입구와 가장 가까이에 있던 사내 셋이 그대로 고꾸라졌다. 동료가 쓰러지자 그들을 구하기 위해 움직이던 자들이 있었는데, 그들 역시 독을 감당하지 못하고 힘없이 쓰러졌다.

　"병신들아! 그냥 두고 물러나라고!"

　만중이 미친 듯이 소리쳤다.

　"지독한 독이군."

염초가 눈 깜짝할 사이에 화염대원 일곱을 불귀의 객으로 만들어 버린 절독에 몸서리를 쳤다.

"혈화산분(血化散粉)입니다. 그래도 계곡으로 흘려보내는 멸천지독(滅天之毒)보다는 위력이 약합니다."

"아무렴. 멸천이란 이름이 붙는 데는 그만한 이유가 있겠지. 지금 사용한 독의 십분지 일만 해도 위력은 비슷하지 않나?"

"그 이상일 겁니다."

"놈들이 아무런 의심 없이 계곡물을 마신다면 이런 짓까지는 하고 있지 않을 텐데 말이야."

염호는 미물의 힘에 의지해 확실하지도 않은 요행수를 바라야 하는 지금의 상황이 너무도 한심했다.

"진인사대천명(盡人事待天命)이라 했습니다. 우리가 할 수 있는 모든 일을 다 했습니다. 이제는 그 결과를 기다리는 일만 남은 것 같습니다."

말은 그리하면서도 사마조의 표정은 몹시 좋지 않았다.

나름 최선을 다해서 노력을 했지만 결과적으로 요행수만 기다리는 입장이 되었기 때문이다.

"이렇게까지 했는데 놈들이 살아 있으면 어찌하나?"

염호가 연무에 휩싸여 있는 계곡을 바라보며 물었다.

"사람들의 이목에서 잠시 사라지려는 시도가 실패하는 것이겠지요."

"패천마궁과 정무맹을 충돌시키려는 것도 힘들겠지?"

"쉽지는 않겠지요. 하지만 계속해서 시도는 할 것입니다. 예상치 못한 조력자 덕분에 어느 정도 복안도 세워져 있고요."

"조력자라면… 당가?"

"예."

"당가의 어린 계집이 회주님을 찾아왔다는 말을 들었을 때 얼마나 놀랐는지 모르네. 그 나이에 당가의 가주를 꿰찬 것도 그렇고, 무서운 계집이야. 완전히 믿으면 안 될 것이네."

"대비는 하고 있습니다만 딱히 나쁠 것도 없습니다. 어찌 보면 적의 심장부에 칼을 숨겨놓는 셈이니까요."

"하긴 그렇지. 누가 상상이나 하겠나? 천하의 당가가 개천회와 손을 잡는 것을."

염호는 말을 하는 순간까지도 여전히 믿기지 않는다는 표정을 짓고 있었다.

         *   *   *

예고도 없이 찾아든 수적선에 포구는 난리가 났다. 하지만 닻이 내려지고 배에서 내리는 사람들은 장강을 주름잡는 수적이 아니었다.

배에서 내린 이들은 수적들의 공격으로 상선을 잃는 바람에 어쩔 수 없이 수적들이 타고 다니는 배를 빼앗아 타고 남경에 도착한 풍월과 수하들이었다.

풍월과 그 일행을 가장 먼저 알아본 사람은 풍월의 움직임을 확인하고 남경으로 급파된 제갈세가의 식솔이었다.

"오랜만에 뵙습니다, 풍 공⋯ 아니, 궁주님."

제갈중의 삼남 제갈록이 풍월을 향해 허리를 숙였다.

"아, 오랜만에 뵙습니다, 제갈 공자. 한데 저를 기다리신 겁니까?"

"예, 그렇습니다."

"어째서⋯⋯."

"하오문의 문주를 비롯해서 수뇌부들이 개천회 놈들에 의해 갇혀 있다는 소식을 듣고 돕고자 달려왔습니다. 무엇보다 궁주께서 주장하시는 일에 대한 사실 여부를 확인하기 위함입니다. 만약 궁주께서 주장하시는 말씀이 사실이라면 본 가는 서문세가, 아니, 나아가 무림에 씻을 수 없는 죄를 짓는 셈이니까요. 어찌 달려오지 않을 수 있겠습니까?"

"남궁세가나 정의맹에서도 왔습니까?"

"오지 않은 것으로 압니다."

"꼭 와서 봐야 할 사람들은 오지 않았군요."

풍월의 냉소에 제갈록이 어색한 미소를 지었다.

"한데 세가의 다른 분들은 어디에 계십니까?"

풍월이 주변을 둘러보며 물었다.

"형님을 비롯해서 세가의 어른들께선 천류곡에 계십니다."

"천류곡이요?"

풍월이 고개를 갸웃거리자 제갈록이 자랑스러운 얼굴로 말을 이었다.

"지난 며칠 동안 천류곡에 설치된 절진의 대부분을 파훼했습니다. 마지막 고비를 앞두고는 있지만 궁주께서 도착하실 때면 완전히 파훼를 할 수 있을 것입니다."

"무슨 말을 하는지 모르겠군요. 어째서 천류곡으로 간 것입니까? 그리고 그곳에 설치된 절진은 또 뭐랍니까?"

풍월이 딱딱히 굳은 얼굴로 물었다. 풍월의 표정을 눈치채지 못한 제갈록이 웃으며 말했다.

"하오문의 문주와 수뇌들이 갇혀 있는 곳이 바로 천류곡입니다. 개천회 놈들이 그곳을 지키고 있었는데 소식을 듣고 몰려든 군웅들과 힘을 합쳐 개천회 놈들을 몰아낼 수 있었습니다. 아예 영원히 가둬두려고 한 것인지 지독한 절진을 겹겹으로 설치했더군요. 본 가가 아니었다면 파훼할 엄두도 내지 못했을 겁니다."

제갈록의 얼굴에 자부심이 가득했지만 이를 듣고 있는 풍월의 얼굴엔 실소만 가득했다.

"천류곡이 아닙니다."

"예? 무슨 말씀이신지요?"

"하오문주가 갇혀 있는 곳은 천뇌곡입니다. 천류곡이 아니라."

"궁주께서 잘못 알고 계신 것은 아닌지요? 하오문주와 수뇌들을 가두고 있는 절진은 틀림없이 천류곡에 펼쳐져 있습니다."

"하오문주께서 제게 보낸 전령은 그렇게 말하지 않았습니다."

풍월이 번옥을 돌아보며 물었다.

"하오문주께서 어디에 갇혀 계신다고 했지요?"

"천뇌곡입니다."

번옥이 두 눈을 동그랗게 뜨고 있는 제갈록을 바라보며 몇 마디를 덧붙였다.

"천류곡과는 정반대에 위치한 곳이지요."

경악하는 제갈록, 그의 입에서 비명과도 같은 탄식이 터져 나왔다.

"맙… 소사!"

제갈록은 입을 쩍 벌린 채 말을 잇지 못했다. 그런 제갈록의 모습에 풍월은 자신도 모르게 한숨을 내쉬었다.

"한마디로 낚인 겁니다. 제갈세가를 비롯해서 이곳으로 몰려든 모든 군웅들이."

"……."

충격을 이겨내지 못하고 비틀거리는 제갈록의 표정은 이미 넋이 나가 있었다.

제103장

시공(時空)을 넘어

쿠쿠쿠쿠쿵.

묘한 울림과 함께 계곡을 에워싸고 있던 절진들이 모두 파훼가 되었다.

시야를 가렸던 운무도 조금씩 옅어지더니 이내 사라졌다.

"성공입니다, 당숙!"

절진이 제거되기를 초조하게 기다리고 있던 제갈건이 환호성을 터뜨리며 말했다.

"후우! 대충 성공은 한 것 같다. 솔직히 자신은 없었는데 말이다."

천류곡에 설치된 절진을 파훼하는 데 혁혁한 공을 세운 제갈은성이 이마를 타고 흐르는 땀을 닦으며 환히 웃었다.

"애썼다. 네가 아니었으면 며칠은 더 걸렸을 게야."

제갈은성을 칭찬하던 장로 제갈공융은 어느새 계곡으로 진입하는 자들을 보며 미간을 찌푸렸다.

"흥! 지금껏 아무것도 못 하다가 절진이 사라지니 이때다 싶은 건가?"

"무림에서 최고의 화제가 되는 인물들이 갇혀 있습니다. 그들을 구하는 데 한 손 거들었다는 것만으로도 나름 명성을 얻을 수 있을 테니까요."

제갈은성이 그들의 행동을 충분히 이해한다는 얼굴로 말했다.

"하지만 누가 뭐래도 최고의 공을 세운 것은 본 가입니다. 하니 노여움을 푸시지요."

제갈건까지 나서서 달래자 제갈공융이 퉁명스레 말했다.

"누가 뭐라더냐? 하도 꼴사납게 굴어서 그러는 것이지, 공을 탐하고자 함은 아니다."

그들이 대화를 나누는 사이, 계곡 인근에서 대기하고 있던 군웅들의 절반 가까이가 계곡 안으로 진입했다.

포구에서 풍월을 만난 제갈록이 보낸 전령도 그즈음에서

도착했다.

"장로님!"

제갈록의 명을 받고 전력을 다해 달려온 전령은 거친 숨을 몰아쉬었다.

"누구……."

제갈공용의 얼굴에 의문이 깃들 때 제갈건이 넌지시 일렀다.

"비응단의 손응입니다. 아우를 따라 풍 궁주를 만나기 위해 포구로 떠났던."

"아, 그렇구나. 그래, 풍 궁주는 도착을 했더냐?"

"예, 도착을 했습니다."

"아쉽구나. 조금만 빨리 도착을 했으면 본 가가 절진을 파훼하는 모습을 볼 수 있었을 텐데."

제갈공용은 풍월이 절진을 파훼하는 순간을 보지 못한 것이 조금은 아쉬운 모양이었다.

"그래서, 풍 공자는 언제 도착하는 거야?"

제갈건이 손응에게 물주머니를 건네며 물었다.

손응은 물주머니 따위는 생각도 없다는 듯 급히 입을 열었다.

"이곳이 아니랍니다."

"뭔 소리야?"

"하오문주와 수뇌들이 갇혀 있다는 곳. 이곳이 아니었습니다."

손웅이 목소리를 높이자 모두의 표정이 확 변했다.

"뭔 헛소리를 하는 게냐? 이곳이 아니라면 대체 어디란 말이야!"

제갈공융이 버럭 화를 냈다.

"이곳이 아니라 천뇌곡이라고 합니다."

손웅의 대답에 제갈공융은 물론이고 주변에 몰려든 모든 이들이 기겁을 했다.

"천… 뇌곡?"

"말도 안 된다. 하면 이곳에 펼쳐져 있는 절진은 대체 뭐란 말이냐?"

사흘 밤낮을 절진에 매달렸던 제갈은성이 믿을 수 없다는 얼굴로 소리쳤다.

"미끼라고 했습니다. 천뇌곡으로의 시선을 떼기 위해 개천회가 준비한 미끼."

손웅은 풍월이 제갈록에게 했던 말을 그대로 전했다. 주변에 모인 모든 이들의 얼굴이 처음 그 말을 들었던 제갈록의 표정으로 변하는 것은 순식간이었다.

*　　　　*　　　　*

"저곳이 바로 천뇌곡입니다."

번옥이 조금씩 윤곽을 드러내는 계곡을 가리키며 말했다. 하오문의 존망이 걸렸기 때문인지 목소리가 살짝 떨렸다.

"매복이 있을지 모른다. 모두 조심해라."

풍월이 수하들에게 주의를 주었다. 하지만 정작 천뇌곡으로 향하는 풍월의 발걸음엔 거침이 없었다.

천뇌곡에 이를 때까지 매복이나 기습은 없었다.

연무에 휩싸인 천뇌곡을 보며 살짝 몸을 떨었다.

익숙한 기운이 전신으로 느껴졌다.

'혼천환상겹류대진. 널 또 만나게 되다니.'

천뇌가 남긴 서신을 보고 짐작을 했지만 도화원에 설치되어 무던히도 그를 애먹였던 혼천환상겹류대진을 다시금 보게 되자 감회가 새로웠다.

"고양이들이 떼로 죽어 있습니다."

"쥐도 있습니다."

주변을 살피던 천마대원들이 소리쳤다.

"혹시 모르니까 조심해."

물선이 가볍게 주의를 주었다.

하지만 너무 안이했다. 백이 넘는 고양이와 쥐가 처참한 몰골로 숨통이 끊어졌다면 충분히 경계하고 조심을 해야만 했다.

물선의 말이 끝나기가 무섭게 앞서 보고를 했던 자들의 신형이 비틀거렸다.

"도, 독이……."

"조, 조심해야……."

죽은 고양이와 쥐 떼를 살피던 세 명의 대원이 목과 가슴을 부여잡고 쓰러졌다.

"물러나!"

동료들에게 다가가려는 수하들을 향해 물선이 다급히 외쳤다. 그들을 대신해 부대주 협생이 고참 둘을 데리고 쓰러진 동료를 업고 왔다.

"어때?"

물선이 다급히 물었다.

"아직 숨은 붙어 있어. 하지만 호흡이 너무 좋지 않아."

협생이 참았던 숨을 내뱉으며 말했다.

"무슨 일이야?"

급히 달려온 풍월을 보며 물선이 굳은 표정으로 대답했다.

"개천회 놈들이 주변에 독을 살포했습니다. 고양이와 쥐 떼가 죽은 것도 독 때문인 것 같습니다."

물선이 계곡 입구에 널브러져 있는 고양이와 쥐 떼의 사체를 가리키며 말했다.

독의 영향 때문인지 상당히 빨리 부패가 진행되고 있었다.

"세 명이 독에 당했습니다."

물선이 쓰러진 동료들에게 시선을 돌리며 말했다. 그들에겐 어느새 형용과 염호가 달라붙어 있었다.

"어때?"

풍월이 물었다.

"좋지 않은데요. 어떤 독인지 정확히 알 수는 없지만 꽤나 지독합니다. 일단 해독제를 사용하기는 했는데 어느 정도 효과를 볼지는 모르겠습니다."

"빌어먹을 놈들! 틀림없이 우리를 노리고 독을 푼 거야."

황천룡이 분통을 터뜨렸다. 중독된 대원 중 하나가 종종 그와 어울려 술을 마셨던 자라 그런지 유난히 화난 모습이었다.

"우리를 노렸다고 보기엔 너무 노골적이잖아요. 고양이나 쥐 떼가 죽어 있는 것도 그렇고."

풍월이 황천룡의 말에 의문을 제기할 때, 조심스레 주변을 살핀 은혼이 독에 이어 폭발 흔적이 있음을 확인하고는 보고했다.

"곳곳에 폭발 흔적도 보입니다."

"폭발 흔적이라면 진을 깨기 위해 사용한 모양이군요."

"예, 그런 것 같습니다. 한데 엄청난 양의 화약이 사용되었습니다. 추측하기도 힘들 정도입니다."

"쯧쯧, 한심하긴. 맥을 제대로 짚지 못하고 무작정 깨려니 그게 되나."

도화원에서 혼천환상겹류대진의 위력이 얼마나 대단한지 제대로 겪어본 풍월이 한심하단 얼굴로 혀를 찼다.

"맥이라시면 무엇을 뜻하는 것인지요?"

은혼이 조심스레 물었다.

"혼천환상겹류대진은 주변의 지형지물을 이용하여 수십 개의 절진을 톱니바퀴처럼 엮어 하나의 거대한 진을 완성시킨 겁니다. 가히 천고의 절진이라 할 수 있는 혼천환상겹류대진의 약점이자 유일한 파훼법은 여느 진의 파훼법처럼 진을 발동시키는 매개체를 찾아 파괴하는 것뿐이지요. 하지만 매개체를 찾는 것은 결코 쉽지 않습니다. 설사 매개체를 찾았다고 하더라도 그것을 파괴하기가 무척이나 어렵습니다. 매개체 또한 혼천환상겹류대진에 의해 거의 완벽하게 보호받기 때문이지요. 제아무리 많은 화약을 동원했다고 하더라도 정확히 진을 펼치는 매개체를 찾아내고, 또 그것을 파괴하기 위해 사용한 것이 아니라면 혼천환상겹류대진은 절대 깰 수가 없는 겁니다. 제가 개천회 놈들이 하오문주와 수뇌들을 제거하기 위해 날뛸 것을 예상하면서도 여유를 부릴 수 있었던 것은 그런 이유이지요."

가만히 듣고 있던 유연청이 의문 섞인 눈으로 풍월을 바라보았다.

"풍 오라버니."

유연청의 부름에 풍월이 부드러운 눈빛으로 그녀를 바라보았다.

"일전에 도화원을 빠져나올 때 혼천환상겁륜대진을 깨고 나왔다고 했잖아요. 당시에 무척이나 고생을 하셨다고."

"그랬지. 극성에 이른 풍뢰도법으로 겨우 성공할 수 있었으니까."

"하면 그때도 매개체를 부순 건가요? 그렇게 말씀하지 않으신 것 같아서요."

"아, 맞아. 내가 빠져나올 때는 매개체를 부순 건 아니야. 매개체를 이용하여 진을 깨는 것은 외부에서 시도할 때 필요한 것이었고, 내부에선 굳이 매개체를 찾을 필요가 없어. 애당초 외부의 적을 막기 위함이니까. 물론 진이 완전히 발동되었을 땐 내부에서도 파훼하기가 쉽지 않지만."

"그렇군요."

유연청이 비로소 이해했다는 듯 환한 미소를 지으며 고개를 끄덕였다.

"어쨌든 중요한 건 매개체를 찾는 일이야. 그전에 해결해야 할 일이 있지만. 물선."

"예, 궁주님."

풍월이 독에 중독되어 몰살당한 고양이와 쥐 떼를 가리키며 말했다.

"모조리 태워 버려."

"존명."

명을 받고 물러난 물선이 수하들을 동원하여 주변에서 마른 갈대를 모아왔다. 마른 갈대를 짚단처럼 엮은 후, 고양이와 쥐들의 사체가 있는 곳에 던졌다. 그러고는 화섭자를 이용하여 갈대에 불을 붙였다.

순식간에 붙은 불길이 맹렬하게 타올랐다.

갈대와 함께 준비한 나뭇가지들도 불길 속으로 사라졌다.

매캐한 연기와 함께 살 타는 냄새가 고약하게 퍼졌다. 잠시만 흡입해도 머리가 어지러울 정도였는데, 아마도 고양이와 쥐들에게 남은 독 기운 때문인 것 같았다.

"모두 연기가 미치지 않는 곳으로 물러나라."

풍월이 밀은단과 천마대를 안전한 곳으로 물렀다.

불길이 고양이와 쥐를 완전히 태워 버리는 데는 생각보다 오랜 시간이 걸렸다.

불길이 거의 사그라들 즈음 풍월이 계곡으로 진입했다. 그러고는 차분한 눈으로 주변을 살피기 시작했다.

풍월이 매개체를 찾기 시작했음을 눈치챈 이들이 다들 숨을 죽였다.

연무가 에워싸고 있는 계곡의 입구는 그다지 넓지 않았다. 하지만 이십여 장 남짓한 지형을 살피는 데 거의 한 시진 가까운 시간을 보냈다.

다소 실망스러운 표정으로 고개를 흔든 풍월이 측면으로 이동을 시작했다.

"이 산을 다 저런 식으로 살피려는 건 아니겠지?"

조금 떨어진 곳에서 풍월의 움직임을 살피던 황천룡이 형응의 옆구리를 쿡 찌르며 물었다.

"살펴야 할 겁니다. 이건 정말 보통 진이 아니네요. 매혼루에서도 진법에 대해 공부하고 연구했지만, 이 정도까지 두려움을 느끼게 하는 진은 없었습니다."

누구보다 감각이 예민한 형응은 연무 안쪽에서 느껴지는 미지의 힘을 정확히 파악하고 있었다.

"에휴, 네가 그렇다면 그런 것이겠지만 나처럼 성질 급한 놈은 제 명에 못 죽겠다."

황천룡이 투덜거리는 사이 풍월은 이미 계곡의 좌측 숲으로 사라졌다.

그때, 주변이 시끄러워지는가 싶더니 천류곡에 있던 무수한 군웅들이 모습을 드러냈다. 숨 가쁘게 달려왔는지 다들 상기된 얼굴로 가쁜 숨을 몰아쉬었다.

"형님!"

군웅들 사이에서 제갈건을 발견한 제갈록이 번쩍 손을 들며 소리쳤다.

"여기 있었구나. 이게 대체 어찌 된 것인지 모르겠다."

서둘러 달려온 제갈건이 좌우로 고개를 돌리며 물었다.

"한데 풍 궁주님은 어디에 계시는 거지?"

"숲으로 들어가셨습니다. 절진을 깨기 위한 매개체를 찾으신다고."

때마침 다가오던 제갈은성이 그 말을 들었다.

"매개체?"

"아! 오셨군요, 당숙."

제갈록이 고개를 숙였지만 제갈은성은 인사를 받을 생각도 없이 물었다.

"진을 펼칠 때 필요한 것을 말하는 것이냐?"

"예, 혼천환상겁륜대진은 매개체를 부수지 않고는 결코 파훼할 수 없다고 합니다."

"혼천… 환상겁륜대진이라."

지금껏 단 한 번도 들어보지 못한 이름이다.

제갈은성이 지그시 눈을 뜨고 연무를 바라보았다.

겉으론 평온해 보였으나 이름만큼이나 무시무시한 기운이 느껴졌다.

그것이 제갈은성의 호승심을 이끌었다.

천류곡에 설치된 절진을 파훼하기 위해 사흘 밤낮을 지새운 피곤함도 잊고 혼천환상겁륜대진을 살피기 시작했다.

마지막까지 천뇌곡에 설치되어 있는 혼천환상겁륜대진을 파훼하기 위해 노력하던 사마세가의 지낭들은 풍월이 남경에 도착하기 직전 조용히 사라졌다.

천뇌곡은 물론이고 남경 전체를 은밀히 주시하던 개천회의 무인들 또한 사마세가의 지낭들과 함께 모습을 감추었다.

하지만 평생토록 기관진식에 혼을 바친 사람으로서 염초는 혼천환상겁륜대진 자체에 대한 관심을 버리지 못해, 사마조는 자신에게 끝없는 난제를 안겨주는 풍월이란 인물을 보다 자세히 살펴보기 위해 군웅들 사이에 남았다.

호위도 수행원도 없이 오직 두 사람뿐이었다.

"천하의 제갈세가도 쉽지 않은 모양입니다."

사마조가 머리를 움켜쥐고 괴로워하는 제갈은성을 바라보

며 웃었다.

"그리 한심하게 보지는 말게나. 보고에 의하면 바로 저자가 노부와 사마세가의 지낭들이 천류곡에 펼쳐 놓은 모든 절진을 파훼했다고 하네. 물론 다른 이들의 도움을 받았다고는 하나 그 중심에 있다는 것은 틀림없는 사실. 노부를 포함하여 당금 천하에 저자만큼이나 기관진식의 조예가 있는 자는 찾기 힘들 것이네."

"아, 바로 저자군요."

사마조가 눈을 동그랗게 뜨고 고개를 끄덕였다.

예상보다 훨씬 빠른 시간에 천류곡에 설치한 절진이 모조리 파훼되었다는 소식을 듣고 그 또한 무척이나 놀랐기 때문이다.

"하지만 저런 인물조차도 혼천환……."

"혼천환상검륜대진입니다."

"그래, 아무튼 이 빌어먹을 절진 앞에선 답이 없는 모양일세."

지금 제갈은성이 맛보는 절망감을 오랫동안 경험한 염초는 힘없이 고개를 흔드는 제갈은성의 심정을 누구보다 잘 이해하고 있었다.

"흠, 제갈세가마저 손을 들었으니 이제 남은 것은 풍월뿐이군요."

사마조는 혼천환상겹륜대진 앞에서 몸을 돌리는 제갈은성의 모습을 보고 아예 포기했다고 생각했다. 하지만 염초의 생각은 달랐다.

"이 정도 절진을 어찌 그 짧은 시간에 파악할 수 있겠나. 당장은 답이 없으니 잠시 머리를 식히고자 함일 걸세."

"어찌 그리 확신하십니까?"

"홋, 기관진식을 공부한 사람이라면 이런 절진을 앞두고 그냥 물러난다는 것은 상상도 할 수 없는 일이네. 두고 보게. 결코 포기하지 않을 것이니. 뭐, 성공을 할지 실패할지는 그 누구도 장담하지 못하겠지만 제갈세가라면……."

사마조는 염초의 말투에서 제갈세가가 혼천환상겹륜대진을 깨주길 바라는 것은 아닌가 하는 느낌을 받았다.

'이곳이 얼마나 중요한 곳인지 모르지는 않을 텐데. 기관진식을 공부한 사람으로서 같은 심정이라는 건가.'

사마조는 염초의 태도가 마음에 들지 않았지만 굳이 내색하지는 않았다.

"그나저나 저놈들도 무섭군. 이 많은 인원을 완벽하게 통제하는 것이 쉽지 않을 텐데 말이야."

염초는 천뇌곡에 접근하려는 군웅들을 오직 분위기만으로 침묵하게 만든 천마대를 보며 진심으로 감탄을 했다.

"패천마궁의 핵심 전력이었던 자들입니다. 개개인의 무공이 이미……."

사마조의 말은 이어지지 못했다.

난데없는 굉음과 함께 천뇌곡 전체가 흔들리기 시작했기 때문이다.

"매개체를 찾아낸 모양입니다."

사마조가 놀라 부르짖었다.

"마, 말도 안 돼!"

염초는 도저히 믿어지지 않는다는 표정으로 굉음이 들려오는 곳을 향해 고개를 돌렸다.

패천마궁에 속한 자로부터 풍월이 혼천환상겹륜대진을 발동시키는 매개체를 찾고 있다는 설명을 들은 터. 자신은 물론이고 사마세가의 지낭들이 며칠에 걸쳐 시도를 했으나 실패한 일이다.

한데 그것을 풍월이 해낸 것이다. 그것도 고작 두 시진도 채 안 되는 짧은 시간 만에.

계곡의 진동을 감지한 군웅들이 웅성거리기 시작할 때 황천룡이 형응에게 말했다.

"궁주에게 가봐라. 밀은단을 못 믿는 건 아니지만 혹시 모르니까."

"예."

형응이 즉시 몸을 움직였다.

형웅이 사라지는 것을 확인한 황천룡이 천마대주에게 달려 갔다.

"무슨 일이 있을지 모르니까 단단히 준비해 둬. 절진이 깨 졌을 때 저기 있는 자들이 언제 적으로 돌변할지 모른다."

"알겠습니다."

이미 풍월로부터 단 한 명도 계곡 안으로 들이지 말라는 명을 받은 물선이 지금껏 억제하고 있던 살기를 마음껏 뿜어 내며 수하들을 단속했다. 물선이 살기를 드러내자 천마대의 기세 또한 확 변했다. 시끄럽던 주변에 일순간 침묵이 찾아왔 다.

쿠쿠쿠쿠쿵!

진동은 시간이 갈수록 더욱 강해지고 있었다.

"무사히 성공해야 할 텐데."

황천룡이 걱정스러운 얼굴로 굉음이 들려오는 곳을 바라보 고 있을 때 풍월은 그야말로 악전고투를 하고 있었다.

도화원에서 생활을 하는 동안 풍월은 혼천환상겁륜대진을 발동시키는 매개체를 찾기 위해 꽤나 많은 노력을 기울였었 다.

천뇌의 배려로 내부에서 탈출하기 위해선 굳이 매개체를 찾을 필요가 없다는 것을 알고는 있었으나 당시 천마무적도 의 성취가 사성에서 정체가 되는 바람에 내부에서 혼천환상겹륜대진을 깰 엄두를 내지 못했다. 해서 매개체를 파괴하면 보다 쉽게 탈출을 할 수 있지 않을까 하는 생각에 필사적으로 찾았던 것이다.

거의 석 달이 넘는 기간 동안 혼천환상겹륜대진을 발동시킨 매개체를 찾기 위해 노력을 기울였지만 풍월은 끝까지 찾지 못했다.

대신 천마무적도가 아니라 풍뢰도법을 이용해서 혼천환상겹륜대진을 깨는 데 성공을 했다. 그리고 진이 깨졌을 때 비로소 매개체의 정체를 확인할 수 있었다.

하나의 커다란 바위와 네 그루의 복숭아나무.

진이 깨지면서 바위는 파괴되었고 복숭아나무 또한 곧바로 생기를 잃고 고사(枯死)했다.

매개체의 정체를 확인한 풍월은 아쉬움을 금치 못했다.

복숭아나무도 그랬지만 천마동부와 통하는 물길에 위치한 바위는 그가 계속 의심을 한 것이었다. 바위 주변의 기운이 어딘지 모르게 달랐기 때문이다. 조금만 더 확신을 가졌다면 진즉에 찾아냈을 터였다.

풍월은 그때의 아쉬운 기억을 바탕으로 천뇌곡에 펼쳐져 있는 혼천환상겹륜대진의 매개체를 찾기 시작했다.

두 시진 또한 전신의 감각을 극성으로 끌어 올린 덕분에 주변의 기운과는 미묘하게 다른 곳을 찾아낼 수 있었다.

그곳엔 어김없이 매개체로 의심할 수 있는 것들이 존재했다.

기묘하게 휘어진 소나무, 거북이 모양을 닮은 바위, 어린아이 키 높이의 돌탑 등이 그것이었다.

누구보다 혼천환상겁륜대진의 위력을 잘 알고 있는 풍월은 방심하지 않았다.

천마대공을 극성으로 운기하며 매개체를 부수기 위한 공격을 시작했다.

혼천환상겁륜대진 또한 강력한 저항을 하기 시작했다.

내부에서 공격을 했던 것과 외부에서 공격을 하는 것은 천양지차였다.

내부에서 공격을 했을 때엔 공격이 혼천환상겁륜대진에 모조리 흡수되어 무력화되었다면, 외부에서의 공격은 흡수가 아닌 강력한 반탄강기로 튕겨냈다.

천마탄강을 떠올리게 할 정도로 막강한 반탄강기에 풍월이 자신도 모르게 몸을 움츠릴 정도였다. 게다가 온갖 환상과 물리적으로 이해가 되지 않는 현상이 그를 힘들게 했다. 숨도 제대로 쉴 수 없었고 몸이 천근만근 무거워졌다.

하지만 몇 번의 흡기로 인해 내력은 차고 넘쳤다. 더구나 천마대공의 신묘한 공능은 그의 몸에 쌓인 내력을 마음껏 펼칠 수 있도록 해주었으니, 어느새 팔성을 넘어선 천마무적도로 표출되는 그 힘은 가히 경천동지할 위력을 지녔다.

풍월은 단 세 번의 공격만으로 자신을 위협하던 환상을 무(無)로 돌려 버리고 첫 번째 매개체를 부쉈다. 그것을 시작으로 매개체라 점찍은 것들을 향해 연이어 공격을 퍼부었다.

매개체가 부서질 때마다 천뇌곡을 에워싸고 있는 혼천환상 겁륜대진이 크게 흔들리며 약화되었다.

꽈꽈꽈꽝!

거대한 충돌음과 함께 지진이라도 난 듯 천뇌곡이 흔들렸다.

풍월은 전력을 다해 공격을 퍼부었음에도 좀처럼 뚫리지 않는 방어막을 보며 이를 악물었다. 지금까지와는 차원이 다를 정도로 거세게 반응했다.

'이놈이다. 이놈이 아마도 심장일 터.'

말라비틀어진 주목(朱木)을 보는 풍월의 눈이 번득였다.

대부분의 매개체를 제거했으나 아마도 혼천환상겁륜대진의 핵심이라 할 수 있는 주목을 부수지 않고는 결코 진을 깰 수 없을 터였다.

'바꿔 말하면 이놈만 깨면 된다는 거지.'

풍월은 승부를 길게 끌고 갈 생각이 없었다.

천마대공을 극성으로 운기하자 주체할 수 없을 정도로 강력한 힘이 기경팔맥을 타고 단전으로 모여들었다. 그리고 단

전에서 다시금 세를 키운 힘이 묵뢰를 통해 밖으로 표출되었다.

천마무적도 구초, 천마멸.

천마무적도 최후의 절초답게 감당키 힘든 내력을 필요로 한다.

풍월은 지금껏 단 한 번도 천마멸을 펼쳐보지 못했다. 아니, 펼칠 엄두를 내지 못했다. 내력도 부족했고 이해도도 낮았기 때문이다.

하지만 지금은 아니다.

흡기로 인해 충분한 내력을 확보했고, 근래 들어 또 하나의 벽을 넘으며 천마무적도에 대한 성취도가 한층 더 성숙해졌다.

"미친……."

혹시 모를 불상사를 대비하기 위해 달려온 형응은 묵뢰를 통해 펼쳐지는 천마멸을 보고는 온몸을 떨었다.

공격이 자신을 향해 밀려드는 것도 아니고 풍월과의 거리가 상당했음에도 불구하고 혼천환상겁륜대진을 부수기 위해 펼쳐진 마지막 공격은 전신의 감각이 요동을 칠 정도로 압도적이었다.

어느새 찾아온 어둠을 무력화시키고 온 세상을 환하게 비출 듯한 빛 무리가 하늘로 치솟았다. 동시에 귀청을 찢을 듯

한 굉음과 함께 지축이 흔들렸다.

울림은 한참이나 이어지다 조금씩 사그라들었다.

주변을 에워싸고 있던 연무는 이미 흔적도 없이 사라졌다.

연무가 사라진 것을 확인한 형응은 천뇌곡에 펼쳐져 있던 혼천환상겹륜대진이 마침내 깨졌음을 인지했다.

형응이 멍하니 정면을 바라보고 있을 때 풍월이 조금은 지친 기색으로 걸어왔다.

"뭐 해?"

"아! 아니요."

화들짝 놀란 형응이 고개를 저었다.

"아니긴, 빨리 따라와. 하오문주와 수뇌들이 살아 있는지 확인해야지."

풍월은 형응의 대답을 기다리지도 않고 발걸음을 놀렸다.

형응이 재빨리 따라붙자 주변에서 풍월을 호위하던 밀은단이 주변을 경계하며 이동을 시작했다.

혼천환상겹륜대진을 무너뜨린 풍월이 하오문주의 생존을 확인하기 위해 내부로 움직이는 순간, 그 반대편에 위치한 천뇌곡의 입구에선 말 그대로 난리가 났다.

마치 화산이라도 폭발하는 듯한 굉음과 지진에 놀라던 군웅들이 천뇌곡을 휘감고 있던 절진이 파훼되었음을 알고 저마다 계곡 안쪽으로 진입을 하려 했다. 하지만 아무도 계곡 안으로 들이지 말라는 풍월의 명을 받은 천마대가 이를 용납하지 않았다.

천마대의 살기에 눌린 대다수의 군웅들이 엉거주춤 물러났으나 서문세가와 관련하여 반드시 확인할 것이 있었던 정무련과 정무맹에 속한 문파의 사람들은 천마대와의 충돌도 불사하고 계곡 안으로 진입하려 했다.

제갈세가의 인물들이 나서서 중재를 하려 해보았으나 별소용이 없었다. 계곡 안쪽으로 반드시 들어가야 하는 사람들과 이를 막아야 하는 사람들의 입장에서 타협점은 존재하지 않았다.

당장에라도 칼부림이 일어나도 이상하지 않을 정도로 급박한 상황이 이어졌다.

바로 그때, 계곡 안쪽에서 아름답지만 힘이 없는 음성이 들려왔다.

"모두 그만들 하세요."

단 몇 마디에 불과했지만 당겨진 활시위처럼 팽팽한 분위기를 누그러뜨리기엔 충분했다.

천마대는 물론이고 그들과 대치하던 이들을 포함한 모든 이들의 시선이 음성의 주인에게 향했다.

바람에 흔들리는 횃불을 앞세우며 계곡을 빠져나온 사람은
하오문주 주하예였다.

                    *   *   *

  "아무도 없습니다."
  밀은단주 위지평이 빈집을 확인하곤 소리쳤다.
  "진이 파훼되는 것을 알고 이미 떠난 모양입니다."
  형웅의 말에 풍월이 고개를 끄덕였다.
  "빨리 온다고 왔는데 늦었네."
  "아무래도 입구 쪽하고는 거리가 있으니까요."
  "곤란한데."
  잠시 생각을 하던 풍월이 형웅과 밀은단을 향해 명을 내렸다.
  "곧바로 입구 쪽으로 이동해서 하오문주의 안전을 확보해.
그들의 입을 막고자 하는 사람이 반드시 있을 거다."
  "존명!"
  바로 명을 받고 떠난 위지평과는 달리 형웅은 창백해진 풍
월의 안색을 먼저 걱정했다.
  "안색이 좋지 않은데 괜찮으신 겁니까?"
  "괜찮아. 조금 무리를 해서 그런 거니까 걱정하지 말고 가.
난 확인할 것이 있다."

그것이 무엇인지는 형웅도 안다.

도화원에서 사라진 천뇌마존의 흔적. 풍월이 이곳에 온 또 다른 이유였다.

"알겠습니다."

몸을 돌린 형웅이 시야에서 완전히 사라지자 풍월이 천천히 몸을 돌렸다.

하오문주와 수뇌들이 지냈을 것이라 예상되는 빈 가옥들을 지나쳐 조금 더 안쪽으로 들어갔다. 그곳에 정확히 뭐가 있을지는 풍월도 알지 못했다. 다만 이곳에 도착했을 때부터 느껴지던 묘한 끌림을 따라 움직인 것이다.

어른의 키만큼이나 높이 자란 수풀 곳곳에 '절대금지(絕對禁地)'라는 표식이 있었다.

표식을 지나쳐 수풀을 헤치고 들어가자 조그만 모옥(茅屋) 하나가 나왔다.

모옥을 본 풍월이 자신도 모르게 피식 웃음을 터뜨렸다.

수풀 밖, 세월의 흔적이 느껴지는 가옥들과는 달리 눈앞의 모옥은 지은 지 얼마 되지 않은 것처럼 제대로 보존이 되어 있었다. 도화원에서 보았던 무간무무진(無間無忘陣)이 펼쳐져 있는 것이 틀림없었다.

모옥으로 들어서려던 풍월의 발걸음이 멈칫했다.

"아, 그땐 갑자기 무너져 내렸는데 설마 이번에도 그러는 건 아닌지 모르겠네."

풍월은 천마 조사가 머물던 초가와 이곳에 펼쳐진 무간무무진이 시기상 큰 차이가 나지 않을 것이기에 그때와 비슷한 현상이 벌어질 것이라 여겼다.

예상은 좋은 쪽이 아니라 나쁜 쪽으로 빗나가고 말았다.

도화원에선 초가에 들어선 직후에도 약간의 시간이 있었다. 그랬기에 천마의 시험도 무사히 치를 수 있었다. 그러나 이번엔 달랐다. 모옥에 발을 내딛자마자 급작스러운 변화가 찾아왔다.

찰나지간에 수백 년의 세월이 찾아왔다.

기둥이 부러지고 벽이 무너졌다. 지붕도 내려앉았다.

가부좌를 틀고 앉아 있던, 아마도 천뇌마존이라 여겨지는 노인 또한 어찌해 볼 틈도 없이 한 줌의 먼지가 되어 사라졌다.

"하아!"

풍월의 입에서 탄식이 터져 나왔다.

어느 정도 예상하고 각오도 했으나 생각보다 훨씬 빠른 상황 변화였다. 고작 세 걸음을 옮겼을 뿐인데 반경 오 장 안에 있던 모든 것이 사라진 것이다.

그렇지만 실망하지는 않았다. 이미 비슷한 경험을 한 터. 천마 조사처럼 천뇌마존 역시 뭔가를 남겼을 것이라 판단했다. 이번엔 그의 예측이 정확했다.

천뇌마존이 가부좌를 틀고 앉아 있던 곳, 한 줌의 재만 남은 곳에서 철궤 하나를 발견할 수 있었다.

철궤 역시 세월의 힘을 견디지 못하고 녹이 잔뜩 슬어 있었으나 안에 담긴 내용물을 보호하는 데에는 문제가 없어 보였다.

철궤를 발견한 풍월은 안도의 숨을 내뱉으며 우선적으로 재로 변한 천뇌마존의 시신을 잘 수습했다.

철궤는 녹이 잔뜩 슬어 잘 열리지 않았다. 혹시라도 안의 내용물에 문제가 생길까 조심하느라 여는 데 제법 시간이 걸렸다.

철궤에서 나온 것은 얇은 책자 하나가 전부였다.

책자를 꺼내 드는 풍월의 얼굴에 잠시 실망의 기운이 스쳐 지나갔다.

천마 조사가 남긴 절대의 무공을 기대한 것은 아니었으나, 수백 년의 세월을 이겨낸 유물치고는 조금은 보잘것없다는 생각 때문이었다.

그것도 잠시였다. 풍월은 품안에 하오문주가 보내온 천뇌비록이라는 희대의 기문진법서를 상기하며 마음을 다잡았다. 그러고는 어느새 잔뜩 낡아버린 책자를 조심스레 펼쳤다.

노부의 이름은 제갈호선이라고 한다. 무림에선 천뇌라 불렸다.

"역시."

천뇌마존이 남긴 것이 확실했다. 혹시 제갈세가 출신이 아닐까 하는 생각도 잠시, 다시금 책자로 눈을 돌렸다.

나이 열다섯에 집을 떠나 홀로서기를 했다.

책자엔 천뇌마존이 어린 나이에 홀로 무림을 떠돌며 겪은 일들에 대해 나름 자세히 서술되어 있었다. 한마디로 책자는 천뇌마존이 죽음을 앞두고 남긴 비망록(備忘錄), 혹은 회고록(回顧錄)이라 할 수 있었다.

꽤나 흥미로운 이야기들이 많았으나 풍월의 관심은 수백 년 전 천뇌마존의 성장기, 활약상이 아니라 천마를 홀로 남겨놓고 도화원을 떠난 그 후의 일이었다.

천마 조사가 남긴 말에 따르면, 천뇌마존은 제자들의 반역에 우내오존이 끼어든 것을 이상하게 여겨 이를 조사하기 위해 도화원을 떠났다고 했다. 그리고 천마 조사의 명이 다하는 순간까지, 아니, 영원히 돌아오지 못했다.

노부를 제외한 칠대마존은 야망이 있었다. 천마께서 융을 제자로 들이기로 결정한 순간, 반역은 예견된 것이나 다름없었다. 한데 도저히 이해할 수 없는 일이 벌어졌다. 우내오존. 우리를 벌레처럼 여기는, 평생토록 우리와 반목하던 그들이 어째서 칠대마존과 손을 잡았단 말인가. 의문을 풀기 위해 노부는 도화원을 나서야 했다.

"지금부터가 본론이군."
풍월이 심호흡을 하며 신중히 책장을 넘겼다.

노부가 도화원을 떠난 것은 반역이 벌어지고 천마께서 도화원에 은거하신 지 정확히 삼 년이 지난 후였다. 삼 년 동안 무림에 많은 일이 벌어졌다. 특히 천하제일의 세력을 자랑하던 천마성, 주인이 떠난 천마성은 사분오열하여 언제 무너져도 이상하지 않을 상태가 되어버렸다.

칠대마존이 엮여 있는 가문과 세력들이 저마다 천마성을 차지하기 위해 온갖 모략들을 펼쳐냈으나 누구도 패권을 차지하지 못했다. 아마도 승자는 가장 탄탄한 힘을 보유하고 있는 패천마존의 후예가 될 듯싶었다.

천마성에 대한 시선은 잠시 접었다. 노부의 주된 관심사는 세상이 뒤집어지는 한이 있더라도 절대로 함께할 수 없는 검존이,

파천신부가, 권왕이 어째서 칠대마존와 손을 잡았느냐는 것이었다.

가장 먼저 권왕의 제자를 찾았다. 일인전승으로 이어져 내려오는 그들답게 권왕의 제자 또한 상당한 실력을 보유하고 있는 것으로 알려졌다. 한데 찾을 수가 없었다. 노부가 과거 심혈을 기울여 키워낸 아이들을 이용해 아무리 수소문을 해봐도 천마성에서 반역이 일어난 이후, 그를 보았다는 사람이 없었다.

권왕의 제자를 찾지 못한 노부는 개부문으로 시선을 돌렸다. 파천신부라는 절대자의 부재 속에서도 개부문은 여전히 세력을 과시했다. 하지만 그 속은 천마성과 마찬가지로 썩고 있었다. 파천신부가 칠대마존와 손을 잡은 것이 어쩌면 내부의 분열에 의한 것일 수도 있다는 생각으로 조금 더 자세히 살펴보았다. 그리고 마침내 내부 다툼을 이용하여 개부문을 은밀히 갉아먹고 있던 놈들의 흔적을 찾아낼 수 있었다.

"그… 자들?"

풍월은 자신도 모르게 천뇌마존이 언급한 자들에 대한 기시감을 느끼고 있었다.

놈들의 행보는 참으로 은밀했다. 노부가 개부문에서 놈들의 존재를 확인했을 땐 어찌 손쓸 방법이 없을 정도로 완벽하게 장악이 된 상태였다. 한데 놀랍게도 놈들이 손을 뻗친 것은 개부문 뿐만이 아니었다. 놈들을 살피는 과정에서 수많은 군소문파들이 놈들에게 직접적, 혹은 간접적으로 영향을 받고 있다는 것을 알아차렸다. 놈들은 정사마를 가리지 않고 자신들의 영향력을 확대시키고 있었다. 정말 중요하고 심각했던 것은 무림이 그들의 존재를 전혀 모르고 있다는 것이다. 어쩌면 당연한 일이었다. 노부역시 개부문을 관찰하다 우연히 놈들의 꼬리를 밟지 않았다면 전혀 눈치채지 못했을 테니까.

놈들의 존재를 세상에 알려야 했다. 노부는 사분오열되었음에도 여전히 가장 강력한 힘을 가지고 있던 천마성으로 향했다. 그리고 패천마존의 후예를 필두로 칠대마존의 후손들에게 무림에서 암약하고 있는 놈들에 대해 경고했다. 하지만 돌아온 것은 차가운 시선과 조소뿐이었다. 그 어리석은 놈들은 노부의 말을 전혀 믿지 않았다. 오히려 노부의 존재를 상당히 버거워했다.

천마성에서 아무런 성과를 얻지 못하고 쓸쓸히 발걸음을 돌리던 날, 노부는 놈들의 습격을 받게 되었다. 노부를 돕던 아이들이 필사적으로 저항을 했지만 소용이 없었다. 아이들이 모조리 몰살을 당한 상황, 죽음의 위기에서 노부를 구해준 사람이 바로 우내오존 중 한 명인 천풍묵검과 당대 하오문의 문주 광 노야였다.

"아! 하오문과의 연이 그렇게 이어진 것이구나."

풍월의 입에서 탄성이 터져 나왔다.

하오문주와 수뇌들이 어째서 천뇌마존이 펼친 혼천환상접
륜대진 속에서 보호를 받게 된 것인지 비로소 이해한 것이다.

천풍묵검과 광 노야를 만난 노부는 놈들을 쫓는 사람이 노부
만이 아니라는 것을 알게 되었다. 천풍묵검 역시 권왕과 그 제자
의 실종에 대해 조사하다가 무림에 흐르는 암류를 눈치채고 광
노야와 함께 놈들을 쫓고 있었던 것이다. 그들을 통해 놈들의 정
체를 알게 되었다. 암중에서 무림을 노리는 세력은 개천회란 이
름을 가지고 있었다.

"역시!"

풍월이 주먹을 불끈 쥐었다. 천뇌마존이 처음 그들을 언급
했을 때부터 뇌리엔 개천회란 이름이 맴돌고 있었다.

"하! 천뇌마존 당시에도 암약을 했다면 도대체 얼마나 오랫
동안 무림을 노렸다는 거야."

풍월은 수백 년의 세월 동안 이어져 내려온 개천회의 끈기
와 집요함에 혀를 내두르고 말았다.

노부와 천풍묵검이 자신들을 쫓고 있음을 확실하게 인지한 개천회는 일체의 움직임을 멈추고 음지로 숨어들었다. 노부와 하오문이 지닌 모든 정보력을 동원해 필사적으로 놈들을 찾았지만, 좀처럼 흔적을 찾을 수가 없었다. 간혹 꼬리를 밟는 데 성공을 하기도 했으나, 그럴 때마다 놈들은 순식간에 꼬리를 끊고 도망을 쳤다.

어느 날, 전혀 예상치 못한 기회가 우리에게 찾아왔다. 실종되었던 권왕의 제자가 반죽음이 되어 우리를 찾아온 것이다. 삼 년이 넘는 시간 동안 개천회에 억류되어 있던 그 친구의 입을 통해 권왕이 칠대마존과 손을 잡은 이유를 알 수 있었다. 권왕은 포로가 된 제자의 목숨 때문에 어쩔 수 없이 개천회의 명을 따랐던 것. 추측컨대 파천신부와 검존 또한 비슷한 이유로 칠대마존과 손을 잡았을 것이다. 하지만 노부를 가장 경악케 한 것은 권왕의 제자를 납치한 살황마존이 개천회주의 동생이라는 사실이었다. 이는 곧 천마성에서 벌어진 반역이 단순히 제자들의 욕심으로만 일어난 것이 아님을 방증하는 것이었다.

놈들의 본거지를 알게 된 우리는 곧바로 습격을 감행했다. 시간을 주면 공격의 기회 자체가 사라질 수 있다는 조급함 때문이었다. 기습은 완벽한 성공을 거두었다.

그날 밤, 어둠에서 암약하며 무림을 병들게 만들던 개천회, 아니, 사마세가가 멸문지화를 당했다.

계곡으로 들어가려 하는 군웅들과 이를 막으려는 천마대.

일촉즉발의 상황에서 하오문주의 등장은 모든 분란을 일시에 잠들게 했다.

주하예가 모습을 드러내자 천마대가 황급히 그녀의 주변을 에워쌌다.

"어디서 오신 분인지 여쭤도 될까요?"

주하예가 위지평을 향해 물었다.

"천마대입니다. 패천마궁에서 왔습니다."

"아! 그렇군요. 천뇌곡에 펼쳐진 절진이 갑자기 흔들리고 파훼가 되서 이상하다 생각했는데, 역시 궁주께서 오신 거군요."

하오문의 운명을 걸고 시도한 도박이 성공한 것을 확인한 주하예의 눈가에 이슬이 맺혔다. 그녀와 함께 간신히 목숨을 구한 하오문의 수뇌부들 역시 감격스러운 표정을 지었다.

"한데 패천마궁의 궁주께선 어디에 계신 것이오?"

장로 노경이 물었다. 주하예가 무사히 천뇌곡으로 탈출할 수 있도록 개천회를 유인하는 역할을 했던 노경은 간신히 살아서 천뇌곡에 도착을 했지만 목숨을 걱정해야 할 정도로 큰 부상을 당했다. 그 후유증이 아직 남아 있는지 전체적으로 무척이나 초췌한 몰골을 하고 있었다.

대답은 위지평이 아니라 계곡 안쪽에서 모습을 드러낸 형응이 대신했다.

"곧 오실 겁니다."

갑작스러운 형응의 등장에 깜짝 놀란 주하예가 눈을 동그랗게 뜨고 형응을 바라보았다.

수정처럼 맑고 달빛보다 청초한 눈빛이다. 순간적으로 멍하니 바라보던 형응이 이내 자신의 실책을 깨닫고 슬며시 고개를 돌리며 말을 이었다.

"잠시 볼일이 있다고 남으셨습니다."

주하예와 하오문의 수뇌들은 형응의 말을 금방 이해했다.

"그곳에 가셨군요."

"예."

형응의 등장을 누구보다 반긴 사람은 제갈건이었다. 근처에 접근만 하려 해도 살기를 풀풀 풍기는 천마대보다는 안면이 있는 형응을 대하기 훨씬 편하기 때문이었다.

"오랜만에 뵙습니다."

제갈건이 인사를 하자 형응도 마주 예를 차렸다.

"예, 오랜만입니다."

"하오문주님과 잠시 얘기를 나누고 싶은데 분위기가 좀 그렇군요."

제갈건이 천마대원들을 둘러보며 어색한 웃음을 지었다.

"형님께서 일체의 접근을 불허하라 명을 내리셨습니다. 이 분들을 해하려는 어떤 시도가 있을지도 모른다고요."

해하려는 시도가 있을지 모른다는 말에 움찔한 제갈건이 크게 고개를 끄덕였다.

"옳은 말씀입니다. 충분히 가능성이 있는 얘기지요."

동의를 한 제갈건이 한층 조심스러운 태도로 말을 이었다.

"하지만 전 무림의 이목이 이곳에 쏠려 있습니다. 단 한 가 지 사안 때문에. 비록 궁주님께서 이곳에 계시지는 않지만 형 공자께서 대신 그것에 대해 확인을 해주실 수 있지 않겠습니 까."

제갈건의 정중한 요청을 받은 형웅이 대화의 내용을 짐작 하지 못해 미간을 살짝 찌푸리고 있는 주하예를 바라보며 잠 시 고민을 했다. 그때, 황천룡의 걸걸한 음성이 들려왔다.

"뭘 고민하고 있어. 다들 궁금해하는데. 나도 궁금해 죽겠 다."

황천룡의 외침에 형웅의 시선이 주변을 훑었다. 그의 말대 로였다. 비록 천마대의 위세 때문에 제대로 접근도 못 하고 질 문도 하지 못하고 있었지만, 군웅들이 지금 이 순간 무엇을 원하는지는 확실히 느낄 수 있었다.

"제가 모르는 일이 진행되고 있는 것 같네요. 맞나요?"

주하예가 형웅을 빤히 바라보며 물었다. 그 눈빛이 너무도 부담스러웠던 형웅이 살짝 시선을 돌리며 대답했다.

"그렇습니다."

"뭐지요?"

형웅이 입을 열지 못하자 제갈건이 은근슬쩍 끼어들었다.

"제가 말씀드려도 될까요? 아, 저는 제갈건이라고 합니다."

"제갈 공자셨군요. 예, 말씀해 주세요."

주하예의 허락을 받은 제갈건이 형웅을 향해 고개를 돌렸다. 잠시 망설이던 형웅도 고개를 끄덕였다. 대신 안전을 대비해 천마대와 밀은단에게 경계를 강화하라는 신호를 보냈다.

"문주께서 남궁세가와 정무맹에 전령을 보내신 적이 있습니까?"

제갈건이 우선 물었다.

고개를 갸웃거린 주하예가 반문했다.

"정확한 시기를 말씀해 주실 수 있을까요?"

"개천회의 공격을 받고 이곳으로 피신한 시점입니다."

"그때라면 없습니다. 예전에도 딱히 전령을 보낸 적은 없는 것 같아요."

주하예의 말이 끝나기도 전에 군웅들이 크게 동요하기 시작했다. 그런 군웅들의 반응에 당황한 주하예가 굳은 표정으로 물었다.

"대체 무슨 일이 있었던 거죠?"

주하예의 물음에 제갈건이 굳은 표정으로 입을 열었다.

"며칠 전, 서문세가가 멸문지화를 당했습니다."

"아! 개천회가 또다시……."

서문세가가 하오문과 같은 꼴을 당했다 여긴 주하예가 고운 입술을 깨물었다.

"아니요. 서문세가를 공격한 곳은 남궁세가와 정무맹이었습니다."

제갈건은 제갈세가마저 힘을 보탰다는 말을 차마 하지 못했다.

"그게 무슨 말이오? 그들이 어째서 서문세가를 공격한단 말인가?"

노경이 기겁하여 물었다.

"서문세가가 개천회라 밝혀졌기 때문입니다. 그리고 그걸 밝혀낸 곳이 바로 하오문. 남궁세가와 정무맹은 하오문의 전령을 통해 정무련과 정무맹에 숨어든 간자와 더불어 서문세가가 개천회임을 알려왔습니다."

"그, 그런 말도 안 되는……."

하오문의 수뇌부들이 동시에 입을 쩍 벌렸다.

"해서 다시 묻겠습니다. 하오문에선 정녕 전령을 보낸 적이 없습니까?"

제갈건의 음성은 자신도 모르게 떨리고 있었다. 이미 어떤 말이 나올지 직감적으로 느끼고 있었지만 자신의 느낌이 틀리길 간절히 바라고 있었다.

"없습니다. 본 문에서 정무련에 간자 몇을 밝혀낸 것은 사실입니다. 하나, 그들의 실체까지 접근하지는 못했습니다. 남궁세가와 정무맹에 왔다는 전령은 가짜입니다."

단호히 대답한 주하예가 엄청난 충격과 함께 극도의 혼란에 빠진 군웅들을 둘러보며 힘주어 말했다.

"저는, 하오문은 전령을 보낸 적이 없습니다. 아마도 개천회의 농간으로 보입니다. 그들이 아니라면 서문세가를 노린 또 다른 누군가가 의도적으로 벌인 계획이겠지요."

주하예의 말이 끝나기가 무섭게 군웅들의 시선이 정무련과 정무맹의 무인들에게 향했다. 심지어 제갈세가에 대해 의심의 눈초리를 보내는 사람들도 있었다.

서로에게 불신의 눈길을 보내는 군웅들. 오직 두 사람만이 평온한 신색으로 사태를 즐기고 있었다.

[결국 이렇게 되고 말았지만 생각보다 효과가 나쁘지 않군요. 잘만 이용하면 예상치 못한 소득을 얻을 수 있을 것 같습니다.]

사마조의 전음에 염초는 아무런 말도 할 수가 없었다. 그저 허허로운 웃음을 지으며 영활하게 움직이는 사마조의 눈동자를 바라볼 뿐이었다.

*   *   *

"사마… 세가? 설마 내가 아는 그 사마세가?"

풍월은 믿을 수 없다는 눈으로 몇 번이나 책의 내용을 읽었다. 몇 번을 읽어봐도 내용은 바뀌지 않았다.

"사마세가가 개천회고 멸문을 당했다면 지금의 사마세가와는 연관이 없는 건가? 아니, 그보다 지금의 개천회는 뭐지?"

풍월은 잔뜩 의문을 가지고 책장을 넘겼다.

사마세가는 무공보다는 학문으로써 세상에 이름을 알렸다. 하나 제갈세가라는 거대한 벽이 있었기에 무림에서의 위치는 그다지 대단하지 않았다. 그런 사마세가가 무림에 거대한 암운을 드리운 개천회라는 것을 알게 되었을 때 우리가 받은 충격은 엄청난 것이었다. 한편으론 그랬기에 그토록 노력을 기울였음에도 찾아내지 못한 것이라 납득도 하였다.

개천회의 정체를 알아낸 우리는 사마세가를 전격적으로 기습을 하였고 멸문에 가까운 피해를 입히는 데 성공을 했다. 물론 쉽지 않았다. 무공이 보잘것없다고 알려진 사마세가의 전력은 상상 이상으로 강력했다. 노부가 개천회를 쫓으며 혼신의 힘을 다해 육성했던 전력의 구할이 날아갔고 수많은 군웅들이 목숨을 잃었다. 만약 천풍묵검이 공들여 키워낸 제자들을 대동하고 그의 수많은 친우들이 전력을 다해 돕지 않았다면 공격은 분명 실패를 했을 것이다.

싸움이 거의 마무리가 될 무렵, 노부는 뭔가가 잘못되고 있다는 것을 느낄 수 있었다. 그 시작은 싸움과는 전혀 상관없이 홀로 전각에 머물다가 사로잡힌 사마세가의 가주가 개천회주임을 증명해 줘야 할 권왕의 제자가 암습을 당해 목숨을 잃으면서부터였다.

포로가 되어 끌려온 사마세가의 가주는 실로 놀라운 발언을 했다. 사마세가는 이미 며칠 전, 정체를 알 수 없는 자들에 의해 점령을 당했으며 우리와 싸운 자들 또한 애당초 사마세가의 식솔이 아니라는 것이다. 나아가 사마세가는 거대한 무덤으로 변하게 될 것이라는 체념 섞인 말도 덧붙였다. 사마세가 가주의 말이 끝났을 때 어디선가 분노의 웃음이 들려왔다. 지금도 눈을 감으면 또렷이 기억될 정도로 기분 나쁘고 섬뜩하면서도 한이 서려 있는 웃음이었다. 웃음이 멈췄을 때 거대한 폭발음이 사마세가를 덮쳤다. 거의 모든 지역에서 동시다발적으로 일어난 폭발에 누구 하나 벗어날 길이 없었다. 그건 노부 역시 마찬가지였다.

폭발에 휩쓸린 노부가 정신을 차렸을 때 모든 상황은 끝나 있었다. 사마세가는 잿더미로 변해 버렸고 그날 싸움에 참여했던 자들 중 삼분지 이가 넘는 인원이 목숨을 잃었다. 노부는 천풍묵검의 보호 덕분에 간신히 목숨을 부지할 수 있었으나 다시는 걸음을 걸을 수 없는 신세로 전락하고 말았다. 하나 몸이 다친 것보다 노부를 괴롭게 만든 것은 잘못된 판단으로 인해 사마세가를 완전히 몰락시켰다는 것이었다.

풍월은 사마세가의 몰락을 접하면서 문득 서문세가의 모습을 떠올렸다. 두 곳 모두 누군가의 계획으로 인해 치명적인 타격을 받았다.

"권왕의 제자가 간자였을까? 아니면 단순히 입막음을 하려고 죽인 건가."

잠시 의문을 품어보았지만 지금에 와서는 별다른 의미가 없었다.

사마세가에서의 실패 이후, 노부는 더 이상 개천회를 쫓을 수가 없었다. 몸도 마음도 지쳤다. 사마세가에서 당한 부상은 하루하루 내 목숨을 갉아먹고 있었다. 하지만 이대로 생을 마감할 수는 없었다. 죽음 따위는 두렵지 않으나 아직 못다 한 일이 하나 있었다. 지도를 하나 만들기 시작했다.

"천마도."

풍월이 자신도 모르게 중얼거렸다.

지도가 가리키는 곳은 천마동부, 그리고 제대로 해석을 해냈다면 천마동부에서 도화원에 이를 수 있는 방법까지 알 수 있도록 만들었다. 어쩌면 영면(永眠)을 방해하는 불충을 저지르는 것일 수도 있었지만 천마께서 남기신 그 위대한 유산을 이대로 사장시킬 수는 없기 때문이었다. 그렇다고 천마동부에 아무나 들일 수는 없었다. 장담컨대 하늘에서 인정할 정도의 재주를 지니지 못했다면 천마동부에, 도화원에 결코 이르지 못할 것이다.

풍월은 천마도를 해석하기 위해 제갈세가의 모든 두뇌가 매달렸음에도 상당한 시간이 걸렸다는 것을 떠올리며 쓴웃음을 지었다. 천뇌마존이 잡은 기준을 과연 통과할 인재가 있을지 궁금하기까지 했다.

반년 만에 완성된 지도는 사마세가에 보냈다. 완전히 멸문을 당한 것으로 알고 있던 사마세가는 하늘의 도움으로 간신히 명맥을 유지하고 있었다. 사마세가에서 지도를 해석해 낼 수 있을지 없을지는 노부도 모른다. 다만 누구보다 먼저 기회를 주고 싶었다. 그것이 억울하게 몰락한 사마세가에 대한 노부 나름의 속죄였다. 지금 이 순간, 노부의 글을 읽고 있다면 혼천환상겁륜대진을 깼다는 것일 터. 도화원에 이르지 못하고 천마께서 남기신 위대한 유산을 얻지 못했다면 결코 있을 수 없는 일. 그대가 사마세가의 인물이기를 빌어본다.

회고록은 이후에도 조금 더 이어졌다.

대부분이 개천회에 대한 경계와 더불어 천풍묵검 혹은 그 후예와 하오문에 빚을 갚아 달라는 내용이었다. 더불어 만약 천마의 유산을 얻은 연자가 사마세가의 인물이 아니라면 천뇌곡에서 완성한 천뇌비록을 사마세가에 전해주고 그들이 제대로 재기를 할 수 있도록 꼭 도움을 주라는 당부로 회고록은 끝을 맺었다.

책자를 덮은 풍월이 길게 숨을 내뱉었다.

"사마세가에 대한 마음의 빚이 꽤나 컸던 모양인데 알겠습니다. 당금의 사마세가가 과거의 사마세가가 맞다면 천뇌비록은 전해주도록 하지요. 그렇지만 딱히 제 도움이 필요하지도, 원하지도 않을 것 같습니다."

사마세가는 이미 정무맹의 맹주로서 전성기를 구가하고 있었다. 패천마궁의 궁주인 자신과 엮여봐야 좋을 것은 없을 터였다.

"하지만 덕분에 한 가지는 확실히 확인을 해봐야 할 것 같습니다."

풍월이 천천히 일어났다.

천뇌마존이 속죄의 의미로 사마세가에 전한 천마도가 어째서 개천회의 손에 들어갔는지에 대한 의문을 품고.

제104장

꼬리가 길었다

  남궁세가와 정의맹으로 전령을 보내지 않았다는 하오문주의 말에 군웅들은 너나 할 것 없이 큰 충격을 받았다.
  대체 어디서부터 뭐를 어찌해야 할지 몰라 다들 혼란스러워할 때, 한줌 재로 변한 천뇌마존의 유해를 조심스레 수습한 풍월이 천천히 모습을 드러냈다.

  천마군림! 만마앙복!

  풍월의 모습을 확인한 천마대와 밀은대가 일제히 무릎을

꿇으며 예를 차렸다.

천뇌곡을 쩌렁쩌렁 울리는 외침에 시장통을 방불케 했던 소란이 일시에 잦아들었다.

반갑게 달려오는 유연청에게 천뇌마존의 유해가 담긴 주머니를 건넨 풍월이 형웅, 정확히는 하오문주와 수뇌들을 향해 걸어갔다.

"풍월이라고 합니다."

풍월이 인사를 하자 주하예와 하오문의 수뇌들이 깊숙이 허리를 숙였다.

"하오문주 주하예가 패천마궁의 궁주님을 뵙습니다."

"궁주님을 뵙습니다."

과하다 싶을 정도로 예를 차리는 모습에 일부 군웅들은 눈살을 찌푸렸다. 하나, 풍월의 도움으로 멸문의 위기에서 구함을 받은 하오문의 입장에선 엎드려 절을 한다고 해도 모자랄 정도였다.

슬쩍 손을 흔들어 주하예와 수뇌들을 일으킨 풍월이 환한 웃음을 지으며 말했다.

"큰 문제는 없을 것이라 생각을 했지만 그래도 늦지 않아서 다행이었습니다."

"구명지은(求命之恩)에 감사드립니다."

"감사드립니다."

"무슨 말씀을요. 무림을 위해 애쓰시다 어려움을 당하셨는데 돕는 것은 당연하지요. 게다가 잊혀진 세월까지 찾아주셨는데요."

잊혀진 세월이란 말에 주하예의 눈동자가 반짝거렸다.

"아, 가보셨습니까?"

"예, 하오문의 배려 덕분에 무사히 다녀왔습니다. 혼천환상겹륜대진과는 달리 마음만 먹으면 얼마든지 접근할 수 있었을 텐데, 어째서 그냥 두고 보신 겁니까?"

"이곳의 주인이 기다린 사람은 우리가 아니니까요. 그리고 선조들께서 남겨주신 비밀 전언에는 천… 그분께서 머무신 모옥에 절대 접근을 하지 말라고 적혀 있었습니다."

무심코 천뇌라는 이름을 내뱉던 주하예는 풍월의 눈빛을 보곤 이내 말을 바꿨다.

"더불어 그분께서 설치하신 절진은 천하의 그 누구도 파훼할 수 없으며, 오직 궁주께서만 파훼할 수 있다고 적혀 있었지요. 도화원에 다녀오신."

주하예는 도화원이란 말에 유난히 힘을 강조했지만 그 말을 들을 수 있는 사람은 아무도 없었다. 풍월이 외부로 나가는 소리를 완전히 차단했기 때문이다.

"그런 거지요. 워낙 고생을 해놔서."

의미심장한 미소를 지어 보인 풍월이 주변을 슬쩍 돌아보며 말했다.

"한데 분위기를 보아하니 역시 제가 예상한 것이 맞았나 봅니다."

"예?"

"문주께서 남궁세가와 정의맹에 보냈다는 전령. 그런 적 없지요?"

"예, 없습니다."

주하예가 단호히 고개를 저었다.

"그럴 줄 알았습니다. 일전에 확인을 한 적이 있는데, 서문세가는 애당초 야심은 있어도 개천회가 지닌 역량이 없었으니까요."

잠시 호흡을 가다듬은 풍월이 군웅들에게 들으라는 듯 소리쳤다.

"만약 서문세가가 개천회였다면 기습도 할 수 없었을 것이고, 그리 쉽게 무너지지도 않았을 겁니다. 아니, 그동안 놈들이 보여준 저력이라면 오히려 역으로 당했을 가능성이 높겠지요. 천마동부에서의 일을 생각해 보면 잘 알 수 있습니다. 당시 그곳에 갔던 자들은 모두 정예들이었습니다만, 개천회의 공격에 속수무책으로 당하고 말았지요. 비록 기습이었다고는 해도 그들 대부분을 전멸시킬 정도로 개천회의 힘은 강합니다."

풍월의 말에 아무도 반박을 하지 못했다.

개천회와 풍월만큼 많이 싸운 사람도 없었고, 개천회의 계획을 가장 많이 무너뜨린 사람이 풍월이기 때문이었다.

"개천회의 계략이든 아니면 다른 누군가의 욕심이든 서문세가는 멸문에 가까운 피해를 당했습니다. 그 싸움으로 인해 수백의 목숨이 사라졌습니다. 반드시 책임을 져야 할 것이고, 그렇게 만들 것입니다."

굳은 표정으로 풍월의 말을 듣던 군웅들 대부분이 크게 동요했다. 특히 정무련과 정무맹에 속한 자들의 동요가 컸다. 책임을 묻겠다는 말, 풍월이 공식적으로 복수를 천명했다고 판단한 것이다.

풍월에게 시선을 고정시키고 그의 말 한 마디, 한 마디에 온 정신을 집중하여 듣고 있던 사마조의 입가에 빙그레 미소가 지어졌다.

풍월이 복수를 천명했으니 계획을 실패한 것이 어쩌면 전화위복이 될 수도 있었다. 아니, 반드시 그렇게 만들어야 했다. 그 짧은 시간, 사마조의 머릿속은 정무련과 풍월을 어찌 충돌시켜야 할지 모든 계획이 세워지고 있었다.

"이제 돌아가는 것이 좋겠습니다. 해야 할 일도 많고, 더 이상 머물 이유가 없을 것 같네요."

"그러지."

사마조의 말에 염초가 가볍게 고개를 끄덕이며 몸을 돌렸다. 바로 그때였다.

"혹시 사마 형님이십니까?"

사마조의 몸이 움찔했다.

모른 척 지나가려 했으나 어느새 그의 앞을 막는 사람이 있었다.

"접니다, 제갈건. 모르겠습니까?"

사마조의 팔을 잡으며 환한 미소를 짓는 제갈건은 자신의 목청이 얼마나 컸는지도 미처 의식하지 못했다.

격하게 반기는 제갈건의 모습에 사마조도 더 이상은 모른 척하기가 힘들었다.

"모를 리가 있나. 목소리를 듣고 바로 알았지. 그래, 참으로 오랜만이네. 오륙 년은 된 것 같은데."

"칠 년 만입니다. 그동안 어찌 지내신 겁니까? 회합에 한 번도 참석하지 않으시고. 다들 궁금해합니다. 소제도 그렇고요."

"오랫동안 지병을 앓는 바람에 그렇게 되었네."

지병이란 말에 제갈건이 화들짝 놀랐다.

"그러셨군요. 지금은 괜찮으신 겁니까?"

"괜찮네. 많이 좋아졌어. 한데 자네 아직도 회합에 나가는 모양이군."

"가급적 참석을 했습니다만 봉문을 한 이후엔 참석하지 못했습니다."

"아, 봉문. 그렇군."

사마조가 이해했다는 듯 고개를 끄덕였다.

"이런 곳에서 형님을 뵐 줄은 꿈에도 몰랐습니다. 사마세가를 대표해서 오신 겁니까?"

웃으며 질문을 하고 있지만 제갈건의 눈빛 깊은 곳에선 날카로움이 번뜩이고 있었다.

"그럴 리가 있나. 그저 집으로 돌아가는 길에 이곳의 소식을 듣고 들르게 되었네. 어르신께서 좋은 공부가 될 것이라고 추천도 하셨고."

"어르신이라면……."

제갈건의 시선이 한 걸음 물러나 있는 염초에게 향했다.

"인사드리게. 기문둔갑과 기관진식에서 일가를 이루신 선기자(仙奇子) 염초 어르신일세."

사마조의 소개에 헛웃음을 내뱉은 염초가 제갈건에게 인사를 했다.

"염초라 하네."

"선기자 선배님이셨군요. 명성은 많이 들었습니다. 제갈건입니다."

제갈건이 정중히 고개를 숙였다. 딱히 안면은 없었으나 선기자 염초의 명성은 그 역시 익히 들어 알고 있었다.

"부끄럽군. 그저 허명을 조금 얻었을 뿐이라네."

"허명이라니요! 가히 일가를 이루신 분께서 겸양이 너무 지나치십니다."

제갈건이 조금은 과장된 몸짓과 음성으로 말하자 사마조가 주변에서 쏟아지는 눈총을 의식하며 조용히 말했다.

"요즘 선기자 어르신께 기관진식에 대해 배우고 있다네. 열심히는 하고 있으나 생각보다 쉽지는 않군."

"하하! 어렵고 또 어렵지요. 생각만 해도 정신이 혼미해집니다."

"엄살은. 다른 곳도 아니고 제갈세가의 장손이 그런 말을 하면 세상 사람들이 웃네."

"어려운 건 어려운 겁니다. 그리고 사마세가에 적을 두고 있는 형님이 하실 말씀은 아닙니다."

"흠, 그게 또 그렇게 되는 건가?"

사마조가 쓴웃음을 짓자 제갈건이 크게 웃음을 터뜨렸다.

"그렇게 되는 겁니다. 하하하!"

제갈건의 웃음을 듣는 군웅들의 표정은 과히 좋지 않았다.

군웅들의 눈에 지금 제갈건의 행동은 누군가 의도한 정보의 조작으로 인해 서문세가가 멸문에 가까운 피해를 당한 것이 밝혀지고 패천마궁의 궁주가 복수를 천명한 심각한 상황을 전혀 의식하지 못한 어리석은 행동으로 보였기 때문이다.

하지만 제갈건의 행동은 누군가에게 보여주기 위한 의도된 행동이었고, 그 사람은 그가 원하는 바대로 정확히 반응을 해 주었다.

"오랜만입니다, 제갈 공자."

어느새 다가온 풍월이 제갈건과 사마조를 보며 웃었다.

"무슨 좋은 일이라도 있는 것입니까?"

"아, 풍 공… 아니, 이제 궁주님이라 불러야겠군요."

황급히 말을 바꾼 제갈건이 어색한 웃음을 흘렸다.

"호칭이야 상관없습니다."

"그럴 수야 없지요. 오랜만에 뵙습니다, 궁주님."

제갈건이 정중히 고개를 숙였다.

"예, 오랜만입니다. 가주께서도 잘 계시지요?"

"잘 계시다고 말씀드리고 싶지만, 그렇지 못하시다는 것은 궁주님께서도 잘 알고 계실 겁니다."

"와룡대의 얘기는 들었습니다. 애도를 표합니다."

"감사합니다."

풍월이 정중히 예를 표하자 제갈건도 마주 예를 표했다.

"한데 옆에 계신 분들은 누구신지요?"

"이런, 내 정신! 사마세가의 낭중지추(囊中之錐) 사마조 형님입니다."

낭중지추라는 말에 사마조는 질색을, 풍월은 의미심장한
눈빛을 빛냈다.

"그리고 옆에 계신 분은……."

염초가 자신의 소개가 끝나기도 전에 인사를 했다.

"염초라 하오."

"사마조입니다."

염초와 사마조가 동시에 인사를 하자 풍월도 예를 표했다.

"반갑습니다. 풍월입니다."

               *   *   *

"장강입니다. 이제 다 왔습니다."

눈앞에 펼쳐진 거대한 강줄기를 보며 구양봉이 긴 숨을 내
뱉었다.

"결국 오기는 왔군요."

지친 기색이 역력한 화연이 땀에 젖은 머리카락을 뒤로 쓸
어 넘기며 고개를 끄덕였다.

먼 거리의 이동과 연이어 벌어진 치열한 싸움으로 인해 지
치기도 했지만 하오문의 구원 요청에 제대로 응답을 하지 못
했다는 자책 때문인지 얼굴엔 수심이 가득했다.

그런 화연의 마음을 읽은 구양봉이 애써 밝은 표정으로 목

소리를 높였다.

"강을 건너면 진회하까지 반 시진이면 도착합니다. 하니 너무 걱정하지 마십시오."

"늦어도 너무 늦었어요."

화연이 넘실대는 강물 너머를 응시하며 한숨을 내쉬었다.

"하오문이 도움을 요청했을 때 바로 움직였어야 했습니다. 괜찮겠지, 버틸 수 있겠지 하면서 하루, 이틀 늦추는 바람에……."

화연의 음성이 파르르 떨렸다.

하오문이 멸문지화를 당했다는 소식을 접했을 때 느꼈던 감정이 고스란히 되살아났다.

"그게 어디 화 소저 책임이겠습니까? 조용히 처박혀 있던 북해빙궁 놈들이 갑자기 지랄을 떨어서 그랬지요. 화 소저가 아니었으면 많은 문파들이 쓸려 나갔을 겁니다."

구양봉이 위로의 말을 건넸지만 화연에게 드리운 짙은 그림자를 어쩌지는 못했다.

"어쨌거나 하오문주와 수뇌들은 살아 있습니다. 풍월이 그들을 구하기 위해 움직이고 있다고 하니 최악의 경우는 막을 수 있을 겁니다."

풍월이란 이름에 그녀의 낯빛이 미약하나 밝아졌다.

"믿어야지요. 반드시 무사할 겁니다."

입술을 꼬옥 깨물며 다짐하듯 말하는 화연에게 밝은 미소를 보내던 구양봉이 뭔가를 떠올렸는지 갑자기 미간을 찌푸렸다.

"하오문의 일도 문제지만, 우리의 상황도 심각합니다."

"예, 이번에 보다 확실히 알았습니다."

화연의 표정이 다시금 굳어졌다. 하오문을 걱정할 때와는 달리 분노와 적개심이 가득 담겨 있는 얼굴이었다.

당연했다. 하오문의 도움 요청을 받았지만, 갑작스러운 북해빙궁의 도발로 인해 제때에 움직이지 못한 화연. 하오문이 멸문지화를 당했다는 소식에 스스로를 자책하며 하루하루를 지옥처럼 보내던 그녀에게 하오문주와 수뇌들이 살아 있다는 소식은 하늘에서 내려준 한 줄기 빛이었다.

화연은 북해빙궁의 공세가 언제 거세질지 모른다는 정무련 수뇌들의 걱정을 일축하고 곧바로 남하를 시작했다. 그녀가 정무련을 떠나기 직전, 개천회로 지목받은 서문세가의 몰락과 이를 부정한 풍월의 행보를 접한 구양봉도 그녀를 따라 나섰다.

화연과 구양봉은 북해빙궁을 상대하는 정무련과 강북무림의 핵심 인물들이다. 그만큼 행보가 신중할 수밖에 없었다. 두 사람이 최소한의 인원만을 대동하고 남경으로 떠난 것을 아는 사람이 손에 꼽힐 정도. 한데 남하를 시작한 지 얼마 되지 않아 기다렸다는 듯 북해빙궁의 암습이 시작됐다.

한두 번이 아니었다. 게다가 치를 떨 만큼 집요했다. 계속되는 암습에 함께했던 인원들 대부분이 목숨을 잃었고 화연과 구양봉도 곳곳에 부상을 입었다. 하지만 검황의 무공을 이어받은 화연과 풍월의 도움으로 몇 번이나 벽을 깬 구양봉의 실력은 무림에서도 손에 꼽힐 정도였다.

절체절명의 상황 속에서도 십여 차례가 넘는 암습을 견뎌내고 마침내 이번 암습을 진두지휘했던 북해십천 중 삼좌 골차의 목숨마저 끊어버리는 쾌거를 이뤄냈다.

그러나 화연과 구양봉은 기뻐할 수가 없었다. 그토록 은밀히 움직였음에도 북해빙궁에서 자신들의 움직임을 손바닥 보듯 훤하게 파악했다는 것은 개천회의 간자들을 일부 쳐냈음에도 불구하고 내부 깊숙한 곳에서 여전히 간자들이 활개를 치고 있다는 것을 의미했기 때문이다.

"이곳의 일을 마치고 돌아가면……."

화연이 말을 아꼈지만 구양봉은 그녀가 무슨 말을 하려 하는지 너무도 잘 알고 있었다. 더불어 개방의 모든 역량을 동원하여 그녀를 돕겠다고 결심을 했다.

*　　　*　　　*

"한데 사마세가에선 혼자 오신 겁니까?"

풍월이 주변을 둘러보며 물었다.

"그런 것 같습니다. 저 또한 우연찮게 들렀을 뿐입니다."

"그렇군요. 아무튼 유감입니다."

풍월의 한숨에 사마조의 미간이 살짝 찌푸려졌다.

"무슨 말씀이신지요?"

"서문세가의 몰락에 가장 앞장선 분이 유감스럽게도 정무맹의 맹주입니다."

"그, 그건……."

사마조는 풍월이 군웅들 앞에서 복수를 천명했다는 것을 떠올리며 말끝을 흐렸다.

"철저하게 조사를 할 생각입니다. 패천마궁의 궁주가 아니라 서문세가의 피가 흐르는 한 사람으로서."

"본 가를 의심한다는 말씀입니까?"

사마조가 정색하며 물었다.

"물론입니다. 아, 너무 기분 나쁘게 생각하지는 마십시오. 사마세가뿐만 아니라 혁련세가, 황산진가 등 정무맹에서 서문세가와 경쟁하고 있는 모든 문파는 의심의 대상이니까요. 물론 저는 개천회 놈들이 꾸민 것이라 판단하고 있지만, 세간의 의혹을 완전히 불식시키기 위해서라도 오히려 더욱 철저하게 조사를 할 필요가 있다고 봅니다."

"이해는 합니다만 과히 좋은 기분은 아닙니다."

"저 또한 이해는 합니다. 하나 사마세가는 물론이고 언급한 모든 문파들은 당연히 감수해야 할 일입니다. 어쨌거나 서문세가는 억울한 누명을 쓰고 멸문을 당할 뻔했으니까요."

차갑게 가라앉은 풍월의 말에 사마조는 아무런 대꾸도 하지 못했다.

"아무튼 그건 차후의 일이고, 이제 보다 개인적인 대화를 나눠볼까 합니다."

냉기가 풀풀 나던 얼굴이 어느새 웃음으로 녹아 있었다.

"저와 말입니까?"

사마조가 당황한 얼굴로 물었다. 순간적으로 휙휙 바뀌는 풍월의 분위기에 그는 정신을 차릴 수가 없었다.

"정확히는 사마세가입니다."

"제가 세가를 대표하는 입장은 아닙니다만, 저라도 괜찮다면 말씀해 보십시오."

사마조는 풍월이 또 무슨 엉뚱한 얘기를 하려는 것인지 궁금했다.

"다들 아시다시피 제가 이곳에 온 이유는 하오문주님의 구원 요청을 받았기 때문입니다. 그간 무림을 위한 하오문의 헌신적인 노력을 생각한다면 당연히 와야 했지요."

풍월이 하오문을 추켜세우자 주화예가 가볍게 고개를 숙여 답례했다.

"하지만 한 가지 이유가 더 있습니다."

사마조는 질문을 하지 않고 풍월의 말을 가만히 기다렸다.

"이곳에 설치된 진의 이름은 혼천환상겁륜대진이라는 것입니다. 혹시 들어보셨습니까?"

"들어보지 못했습니다."

사마조가 고개를 젓자 풍월이 제갈건과 염초를 향해 고개를 돌렸다.

두 사람 역시 동시에 고개를 저었다.

"역시 그랬군요."

"궁주께선 어떤 분이 설치한 것인지 아시는 겁니까?"

제갈건이 물었다.

"물론입니다. 따지고 보면 여러분들도 잘 알고 계시는 분입니다."

풍월의 말에 다들 의혹 어린 시선을 보냈다. 그들이 겪어본 혼천환상겁륜대진은 지금껏 경험해 보지 못한 지독한 절진.

제갈세가에서도 파훼할 엄두를 내지 못하는 이런 절진을 설치할 수 있는 능력을 지닌 사람이 딱히 떠오르지 않았기 때문이다.

"제가 천마 조사의 무공을 얻었다는 것을 아실 겁니다."

제갈건은 물론이고 사마조마저 침을 꿀꺽 삼키며 고개를 끄덕였다.

"세상에 알려진 천마동부 말고 또 하나의 천마동부가 있습니다. 천마 조사께서 영면을 하고 계시는 곳입니다. 바로 그곳에 혼천환상겹륜대진이 펼쳐져 있었습니다."

곳곳에서 탄성이 터져 나왔다. 어느새 주변엔 이미 많은 군웅들이 몰려 있었다.

"중요한 것은 그곳에 천마 조사님 말고도 다른 한 사람이 함께 머물렀다는 겁니다. 물론 저는 아닙니다. 과거의 인물이지요."

풍월의 말이 끝나기도 전에 사마조가 놀라 소리쳤다.

"천… 뇌마존……."

풍월의 눈동자에 기광이 스쳐 지나갔다.

"맞습니다, 천뇌마존. 바로 그분이 무림에 다시 나오시기 전 혼천환상겹륜대진을 펼쳐놓은 것입니다. 당연히 이곳에 펼쳐져 있었던 혼천환상겹륜대진 또한 천뇌마존께서 펼쳐놓은 것입니다."

"아! 어쩐지."

"어째서 천뇌마존이 천하제일지(天下第一智)로 명성을 떨치는

지 알겠소이다."

제갈건과 염초의 입에서 절로 탄성이 터져 나왔다. 이미 천뇌마존의 존재를 알고 있던 하오문의 사람들을 제외하곤 모든 군웅들이 그들과 같은 반응이었다.

"한데 사마 공자께선 천뇌마존을 잘 알고 계시는 것 같습니다."

풍월의 말에 사마조가 어색한 웃음을 지으며 말했다.

"설마요. 그저 천마동부에 있었다고 해서 유추를 해보았을 뿐입니다. 천마동부에서 시신이 발견되지 않았으니까요."

"시신이 발견되지 않은 것은 살황마존 또한 마찬가지입니다."

"살황마존은……."

자신도 모르게 형웅을 힐끗 바라본 사마조가 이내 고개를 저었다.

"제가 착각했습니다. 살황마존의 시신도 보이지 않았군요. 어쨌거나 기록에 의하면 팔대마존 중 천마를 가장 가까이에서 모셨던 사람이 바로 천뇌마존이었습니다. 그래서 천뇌마존을 떠올린 것인데 정말 천뇌마존일 줄은 몰랐습니다."

"그랬군요. 전 천뇌마존께서 사마세가에 큰 빚을 지고 있다고 해서 처음부터 알고 계시는 줄 알았습니다."

사마조의 얼굴이 살짝 굳었다.

당혹감을 감추려고 노력했지만 눈동자가 흔들리는 것까지는 감추지 못했다.

"모르셨습니까? 조금 전, 천뇌마존께서 머물던 곳에 다녀왔습니다. 그곳에서 이것을 찾았습니다."

풍월이 품에서 천뇌마존이 남긴 회고록을 꺼내 들었다.

"도화원을 떠난 이유부터, 아, 도화원은 천마동부의 다른 이름입니다. 다시 무림에 나와서 무슨 일을 하셨는지 자세히 설명을 해놓으셨지요. 이 책의 말미에 사마세가에 큰 빚을 졌으니 반드시 갚으라고 몇 번이나 당부를 해놓으셨습니다."

"그랬… 군요."

"모르셨던 모양입니다."

"예, 본 가와 천뇌… 마존이 어떤 인연이 있는지 솔직히 잘 알지 못합니다."

사마조가 자신 없는 목소리로 말했다. 하지만 말과는 달리, 그는 과거 천뇌마존과 사마세가 사이에 어떤 일이 있었는지 정확히 알고 있었다.

조용히 세를 키우던 개천회가 치명타를 입고 다시금 음지 속에 몸을 숨길 수밖에 없었던 결정적인 역할을 한 사람이 바로 천뇌마존.

　다만 천뇌마존이 거론한 빚이 어떤 의미인지는 판단할 수가 없었다.

　'그 옛날 선조께서 목숨을 버리면서 펼치신 고육계와 금선탈각지계 덕분에 본 가는 간신히 위기를 넘겼다. 자신의 실수로 사마세가는 물론이고 수많은 군웅들을 죽음으로 몰아넣은 천뇌마존은 그대로 은퇴를 했고. 단순히 빚을 갚으라는 것이면 상관이 없다. 천뇌마존의 입장에선 충분히 그럴 수 있다. 하나, 만약 천뇌마존이 훗날에라도 당시의 계책을 눈치챈 것이라면……'

　사마조의 미간에 식은땀이 흘러내렸다. 그런 사마조를 무심한 눈길로 바라보던 풍월이 품에서 천뇌비록을 꺼내 들었다.

　"천뇌비록입니다. 천뇌마존께서 말년에 완성하신 것이지요."

　풍월이 사마조에게 천뇌비록을 건넸다.

　사마조가 멍하니 바라보자 풍월이 엷은 미소를 지으며 말했다.

　"천뇌마존께서 사마세가에 남기셨습니다."

　"아!"

　사마조의 입에서 탄성이 터져 나왔다.

선조의 계책이 들키지 않은 것에 대한 안도의 탄성이었다.

사마조가 천뇌비록을 건네받자 주위에서 온갖 반응이 나타났다.

팔대마존 중 가장 무공이 떨어지는 천뇌마존이라지만 그 또한 절세의 고수다. 게다가 혼천환상겁륜대진에서 보여주었듯이 그가 지닌 기관진식에 대한 지식은 가히 천하제일이라 할 수 있었다.

그런 보물이 눈앞에 있는 것이다. 내 손이 아닌 다른 사람의 손에 있다는 것이 문제지만.

부러움과 아쉬움, 경탄과 질시가 동시다발적으로 터져 나왔다.

하지만 누구 하나 감히 욕심을 내지 못했다. 사마조가 사마세가의 핏줄이라는 이유 때문이 아니다.

고금제일인의 무공을 익힌 당대 천하제일인이 버티고 있었기 때문이다.

"제가 이것을 받아도 되는지 모르겠습니다."

뜻하지 않은 곳에서 보물을 얻은 사마조가 천뇌비록을 바라보며 감격 어린 표정을 지었다.

"사마세가를 위해 남긴 것입니다. 세월이 많이 흘렀지만 당연히 받아야 할 자격이 있습니다."

그때, 제갈건이 의문 어린 표정으로 물었다.

"실례가 아니라면 어째서 그런지 여쭤도 되겠습니까? 아, 혹시나 오해가 있을까 말씀드리지만 천뇌비록을 탐해서 그런 것이 아닙니다. 다만 팔대마존의 일인인 천뇌마존과 사마세가에 어떤 접점이 있는지 궁금해서 그렇습니다. 지금도 그렇지만 당시에도 정반대의 위치에 있었을 텐데요."

단순히 제갈건뿐만 아니라 그의 질문은 모든 군웅들이 궁금해하는 것이었다.

"사마 공자께서는 그 이유를 알고 계십니까?"

풍월이 사마조에게 물었다.

"앞서 말씀드렸듯이 잘 알지는 못합니다. 궁주께서 설명을 해주실 수 있겠습니까? 경청하겠습니다."

"그러지요."

사마조가 정중히 청하자 풍월이 흔쾌히 고개를 끄덕이곤 주변을 돌아보았다.

"많은 분들이 아시다시피 천마성이 무너진 것은 팔대마존, 정확히는 칠대마존이겠군요. 그들이 천마 조사님을 배반했기 때문에 벌어진 일입니다. 칠대마존은 천마동부에서 모조리 목숨을 잃었고 천마 조사님과 천뇌마존께선 또 다른 천마동부, 도화원에 은거를 하셨지요. 하지만 천뇌마존께선 칠대마존의 반역이 단순히 그들의 의지만으로 이뤄진 것은 아니라 판단을 하셨고, 이를 조사하기 위해 도화원을 나서셨습니다."

"혹 개천회입니까?"

제갈건이 물었다.

"예, 개천회입니다. 놈들은 그때부터 무림에 대한 야욕을 품은 채 암중에서 활약을 하고 있었습니다."

개천회란 말에 큰 소란이 일었다. 특히 수백 년이 넘는 세월 동안 무림을 노린 개천회의 집념에 다들 감탄을 금치 못했다.

"도화원을 나선 천뇌마존께선 개천회의 꼬리를 잡을 수 있었습니다. 놈들의 실체를 접한 천뇌마존께선 우내오존 중 일인인 천풍묵검을 비롯하여 많은 분들과 함께 손을 잡고 개천회를 쫓기 시작하셨습니다. 참고로 여러분들이 잘 알고 계시는 검황이 바로 천풍묵검의 후손입니다."

검황의 내력을 알게 된 군웅들이 다시금 술렁거렸다.

"당시 우내오존 중, 소림의 소소신승과 천풍묵검을 제외하곤 나머지 삼 인 역시 개천회의 마수를 벗어나지 못한 것으로 판단됩니다. 특히 권왕의 제자는 납치까지 당했지요. 한데 납치를 당했던 권왕의 제자가 탈출을 하면서 상황이 묘하게 흘러갑니다."

풍월이 사마조를 힐끗 바라보며 말을 이었다.

"권왕의 제자가 사마세가를 개천회로 지목한 겁니다."

순간, 이전의 술렁거림과는 비교도 되지 않을 정도로 큰 혼란이 벌어졌다.

"납치까지 당한 권왕의 제자입니다. 그의 주장에 어찌 의심이 있을 수 있겠습니까. 사마세가에 대한 대대적인 공격이 벌어졌고, 사마세가는 멸문에 가까운 피해를 당하게 됩니다. 사마 공자께선 이 이야기를 혹시 들어보신 적이 있습니까?"

"예, 어릴 적 할아버님께 들은 기억이 어렴풋이 납니다. 큰 오해로 인해 가문이 존폐의 위기까지 이르렀다고 하셨습니다. 아, 그때도 천뇌마존에 대해선 듣지 못했습니다."

"그랬군요. 아무튼 당대 사마세가의 가주는 죽음으로 결백을 증명하고자 했습니다. 여러 정황들을 살펴본 결과, 이는 사실로 드러났습니다. 개천회는 사마세가를 미끼로 천뇌마존을 비롯해 수많은 군웅들을 유혹했고, 사마세가와 함께 폭사시킴으로써 그들이 원하는 바를 이뤘습니다."

모두가 폭사를 했다는 말에 곳곳에서 안타까운 탄식이 터져 나왔다.

"천뇌마존께서도 당시 심각한 부상을 당하셨습니다. 게다가 자신의 실책으로 인해 사마세가를 비롯해 수많은 군웅들이 목숨을 잃었다고 자책하며 힘든 나날을 보내셨지요. 결국 부상을 극복하지 못하고 목숨을 잃으셨습니다. 천뇌비록과 회고록을 남기고. 한데 뭔가 작금의 상황과 비슷하지 않습니까? 과거엔 개천회의 계략으로 사마세가가 엄청난 피해를 당했고, 지금은 서문세가가 같은 이유로 멸문에 가까운 피해를 당했습니다."

풍월의 질문에 좌중이 쥐 죽은 듯 조용해졌다.

딱히 어떤 대답을 원한 것은 아니기에 가볍게 미소를 지은 풍월이 사마조의 손에 들린 천뇌비록을 가리키며 말했다.

"이제 어째서 천뇌비록이 사마세가에 전해지는 것인지 이해를 하셨으리라 봅니다."

"예, 충분히 이해했습니다."

제갈건이 모두를 대표해 고개를 끄덕였다.

"아참, 그런데 천뇌마존께서 사마세가에 남기신 것은 천뇌비록 하나가 아니라고 하셨습니다. 사마 공자께선 천뇌마존께서 먼저 전하신 것이 무엇인지 아십니까?"

"예? 그게 무슨……."

사마조가 고개를 갸웃거렸다.

"천뇌마존께서 이곳에 은거를 하시기 전에 뭔가를 남기셨다고 적혀 있어서요. 글씨가 지워지는 바람에 정확히 뭔지는 알 수가 없었습니다."

풍월의 말에 사마조는 곧바로 천마도를 떠올렸다.

수백 년 동안 잠들어 있다가 근래 들어 그 가치를 알게 된 천고의 보물.

천마도의 비밀만 빨리 풀었다면, 천마의 무공은 고사하고 천마동부에 널브러져 있던 팔대마존과 우내오존의 무공만 얻을 수 있었다면 검황 따위에게 시달리는 없었을 터였다.

"글쎄요. 그건 저도 잘 모르겠습니다. 워낙 오래된 일이라서요."

"그렇군요. 정황상 어떤 그림 비슷한 것이라 적혀 있던 것 같은데."

풍월이 아쉬워하는 기색을 보이자 제갈건이 슬쩍 끼어들었다.

"그림 비슷한 것이라면 아마도 기관진식에 관한 책이 아니겠습니까? 천뇌비록이 말년의 공부를 담으신 것이라 하셨으니 그 전에 전하신 것 또한 같은 맥락의 책일 것입니다."

"아! 할아버님께 그 또한 들은 적이 있는 것 같습니다. 누군가의 도움으로 본 가의 기관진식의 조예가 한층 깊어졌다고요. 누구의 도움이었는지 기억에는 없지만 아마도 천뇌마존이 아닐까 싶습니다."

사마조가 자신의 기억력을 자책하듯 관자놀이를 톡톡 건드렸다.

'지랄한다.'

풍월의 입가에 더없이 진한 미소가 지어졌다.

*   *   *

천뇌곡에 모였던 군웅들이 흩어졌다.

상황을 지켜보기 위해 남았던 사마조는 천뇌비록이라는 최고의 선물을 얻고 가벼운 발걸음으로 돌아갔다.

천뇌곡에 남은 것은 풍월과 패천마궁의 무인들, 제갈세가와 하오문의 생존자들이 전부였다.

특히 제갈세가는 비록 파훼는 되었으나 그 흔적은 남아 있는 터.

혼천환상겹륜대진을 연구하겠다고 주변을 헤집고 다녔다.

그동안 강행군을 했던 밀은단과 천마대에는 따로 언급할 때까지 충분히 휴식을 취하라 명을 내린 풍월은 주하예와 하오문의 수뇌들이 지냈던 가옥에 모여 가벼운 담소를 나누었다.

"궁주님."

휴식을 취하란 명에도 불구하고 주변을 지키고 있던 위지평이 풍월을 불렀다.

"무슨 일이냐?"

"제갈 공자가 오고 있다고 합니다."

"모셔라."

제갈건이 도착했다는 말에 주하예가 수뇌들에게 눈짓하며 자리에서 일어났다.

"저흰 이만 물러가겠습니다."

"굳이 그러실 필요는 없습니다."

"아닙니다. 편히 대화 나누세요. 그렇잖아도 치료를 받을 시간이 되었습니다."

웃음을 짓고는 있으나 주하예의 얼굴엔 피곤이 가득했다.

혼천환상겹류대진을 뚫지 못한 개천회는 온갖 방법을 동원하여 하오문주와 수뇌들을 제거하려 했다.

그중 한 가지 방법이 계곡 상류에 독을 푸는 것이었다. 주하예를 필두로 수뇌들 대다수가 중독이 되며 의도는 어느 정도 들어맞았다.

하지만 그들이 생각하지 못한 두 가지 변수가 있었다.

첫 번째는 물에 섞인 독이 그들의 예상보다 상당히 희석이 되어 위력이 감소되었다는 것.

다른 하나는 진회하 인근에서 병들고 가난한 자들을 상대로 인술을 펼쳐왔던 장로 두심연이 엄청난 의술을 지녔다는 것이다.

그녀는 별다른 약재도 없이 오직 침술로만 몸에 침투한 독기를 몰아내는 신기를 보여주며 모두를 살려냈다. 그래도 아직 완전히 치료가 된 것은 아니었다.

"아, 제가 너무 눈치가 없었습니다. 아직 몸도 편치 않으신 분들을 붙잡고 쓸데없는 소리만 늘어놓았군요. 죄송합니다."

"아닙니다."

"형응."

"예, 형님."

"독이라면 너도 일가견이 있잖아. 도와드릴 수 있으면 최대한 도와드려."

"알겠습니다."

형응이 자리에서 일어나자 주하예가 당황한 얼굴로 손을 흔들었다.

"아, 아니에요. 저희는 괜찮습니다."

"사양치 마십시오."

민망할 정도로 단호히 고개를 저은 풍월이 우두커니 서 있는 형응의 옆구리를 쿡 찔렀다.

"뭐 해? 빨리 나가서 준비해."

"아, 알겠습니다."

엉거주춤한 자세로 방을 나서자 주하예도 어쩔 수 없다는 표정으로 고개를 숙였다.

"궁주님의 배려에 감사드립니다."

"무슨 말씀을. 치료 잘 받으십시오."

때마침 도착을 한 제갈건이 주하예와 가볍게 목례를 하고 방으로 들어섰다.

"배웅은 잘했습니까?"

"예, 입이 찢어져서 돌아가더군요."

제갈건이 약간은 퉁명스러운 음성으로 대답했다.

"천뇌비록이 사마세가로 간 것이 부럽습니까?"

"아니라면 거짓말이겠지요. 솔직히 누가 탐내지 않겠습니까?"

제갈건은 자신의 것이, 제갈세가의 것이 될 수도 없음을 알면서도 못내 아쉬워했다.

"하하! 저도 어쩔 수 없습니다. 천뇌마존께서 사마세가에 전해주라 아예 못을 박으셨으니까요."

"압니다. 하지만……."

한숨을 내쉬는 제갈건을 보며 너털웃음을 터뜨린 풍월이 의미심장한 미소를 머금고 물었다.

"어째서 그런 것입니까?"

"예?"

"아까 말입니다. 일부러 주의를 끌지 않으셨습니까. 모두의 눈총을 받으면서까지. 마치 저보고 와달라는 것처럼."

아쉬움을 잔뜩 드러내던 제갈건의 눈동자가 차갑게 빛났다.

"웃고 있었습니다. 궁주께서 복수를 천명하던 순간, 이곳에 모인 군웅들은 저마다 두려움과 걱정을 표했습니다. 궁주님과 패천마궁의 힘을 생각했을 때 당연한 일입니다. 자칫하면 무림에 피바람이 불 수도 있으니까요. 한데 단 한 사람. 사마조, 그자는 웃고 있었습니다. 찰나지간 스쳐 지나간 것에 불과했으나 저는 똑똑히 보았습니다. 마치 어린아이가 기대했던 장난감을 손에 쥐었을 때나 보일 수 있는 그런 환희에 찬 웃음을. 해서 궁주님을 청한 것입니다."

"하하! 저를 너무 과대평가하셨습니다. 생면부지인 사람을 보고 제가 뭘 알아낼 수 있겠습니까?"

"솔직히 그때는 아무런 생각도 없었습니다. 그저 시간을 벌려고 한 것 같습니다. 그자를 충분히 관찰할 수 있는 시간을요."

"그래서, 원하는 것은 얻으셨습니까?"

풍월의 물음에 제갈건이 고개를 끄덕이며 반문했다.

"솔직히 잘 모르겠습니다. 뭔가 이상하다는 생각은 들었지만 명확하지가 않았습니다. 궁주님께선 뭔가 얻으신 것이 있습니까?"

"얻었지요. 공자께서 도움을 주신 덕분입니다. 도움이 없었다면 의심이 확신으로 변하지는 못했을 겁니다."

"제가… 요?"

"예."

"도움이 되었다니 다행입니다. 한데 궁주께선 처음부터 그자를 의심하고 계셨던 겁니까?"

"아닙니다. 그자에 대한 의심이라기보다는 사마세가에 반드시 확인을 해야 할 것이 있었을 뿐입니다. 애당초 저는 사마세가에서 왔는지도 몰랐습니다. 그런데 마치 제 생각을 읽고 있기라도 한 듯 느닷없이 공자께서 제게 신호를 보낸 겁니다. 사마세가의 인물이 있다는 것을 알고 얼마나 놀랐는지 모릅니다. 하하하!"

"하하하! 그야말로 뒷걸음질 치다가 쥐를 잡은 격입니다."

풍월과 제갈건은 마주 보며 웃음을 터뜨렸다.

"한데 정확히 무엇을 확인하려 하신 겁니까? 대화 중에 당황하는 모습을 순간순간 보이긴 했지만, 천뇌비록을 얻고 나서 실수를 한 것 말고는 크게 이상한 점을 찾을 수가 없었습니다."

"사마조는 정확히 네 가지의 실수를 저질렀습니다."

"네 가지나요?"

제갈건이 깜짝 놀란 얼굴로 물었다.

"첫째, 혼천환상겹륜대진을 펼친 사람이 천마 조사님과 함께 지낸 인물이란 밝혔을 때 그의 입에서 곧바로 천뇌마존이란 이름이 흘러나왔습니다. 뭐, 나름 유추를 했다는 변명을 했지만 글쎄요. 과연 그랬을까요? 그는 천마 조사님과 천뇌마존이 천마동부, 정확히는 도화원에 은거하고 있음을 처음부터 알고 있었습니다."

"하나 단순히 이름을 알고 있다고 그리 단정 짓는다는 것은……."

제갈건의 부정적인 표정에 풍월은 여유 있는 미소를 지어 보였다.

"그럴 만한 이유가 있습니다. 그건 잠시 후에 말씀드리지요. 두 번째는 제가 살황마존을 언급할 때 순간적으로 형웅에게 시선을 주었습니다. 그게 무슨 의미인지 아십니까?"

"모르겠습니다."

"형웅이 살황마존의 살예를 얻었습니다."

"헙!"

제갈건이 기함한 표정으로 숨을 들이켰다.

"하지만 녀석이 살황마존의 살예를 얻었다는 것을 아는 사람은 극소수지요. 한데 사마조는 살황마존의 이름을 듣자마자 형웅을 바라보았습니다. 이를 어찌 해석해야 할까요? 형웅이 살황마존의 살예를 얻었음을 알고 있다고밖에 생각할 수 없습니다. 세 번째는 첫 번째 이유와 연동이 됩니다. 그는 천뇌마존과 사마세가 사이에 어떤 일이 있었는지 잘 알지 못한다고 했습니다. 나중엔 어렴풋이 들었다고 정정하기는 했지요. 애당초 말이 되지 않는 소립니다. 당시 천뇌마존과 천풍묵검의 주도하에 이뤄진 공격에 사마세가는 그야말로 멸문 직전에 이르렀습니다. 극히 일부의 사람들만 살아남았지요. 수백 년이 흘렀다지만 그런 엄청난 일을 모른다는 것이 상식적으로 말이 된다고 보십니까?"

"그건 저도 몰랐습니다. 다들 모르는 눈치고요."

"당연합니다. 당시 상황에서 사마세가에 대한 공격은 실패였습니다. 서문세가를 공격한 것과 같은 상황이지요. 그리고 개천회의 음모로 대부분의 군웅들이 목숨을 잃었고, 살아남은 사람이 그들의 치부라 할 수 있는 일을 굳이 떠벌리지는 않았을 것이라 봅니다. 그래도 찾아보면 기록으론 남아 있을 겁니다. 하지만 사마조는 당시 살아남은 사마세가의 후손입니다. 가문의 명맥이 끊길 뻔한 위기를 모른다고요? 엉뚱한 질문에 천뇌마존이란 이름이 바로 튀어나올 정도로 잘 알고 있는 사람이 그와 관계된 가문의 역사를 모른다는 걸 어찌 믿을 수 있겠습니까?"

제갈건은 딱히 반박할 말이 떠오르지 않아 입을 다물었다.

"마지막이자 결정적인 이유는 그자가 천뇌마존께서 사마세가에 남기신 것을 모른다고 한 것입니다. 아니, 단순히 모른다는 수준을 넘어서 거짓말을 하려고 했지요. 회고록의 글씨가 지워지는 바람에 정확히 뭔지는 알 수가 없었고, 그림 비슷한 것이라 적혀 있다는 말도 거짓말이었습니다. 제 입장에선 미끼를 던진 것이었습니다."

"그렇… 군요."

"그 순간, 그자는 무척이나 당황하고 있었습니다. 과연 내가 정말 그것을 모르는지, 아니면 알면서 모른 체하는 것인지 혼란스러웠겠지요. 바로 그때 공자께서 그림 비슷한 것이라면 기관진식에 관한 책일 것이고, 천뇌비록이 말년의 공부를 담으신 것이라 하셨으니 그 전에 전하신 것은 그와 비슷한 맥락의 책일 것이라고 말씀하셨지요. 그 말을 들은 사마조는 곧바로 그런 것 같다고, 천뇌마존의 도움으로 사마세가의 기관진식에 대한 조예가 크게 성장한 것 같다고 떠들어댔습니다. 재밌는 것은 단순히 공자의 말을 듣고서 그런 말을 한 것이 아니라는 겁니다. 그자는 제가 공자의 말에 동의하는 표정을 지으며 고개를 끄덕이는 것을 확인한 후, 그런 말을 했습니다. 내가 정말 모른다고 생각한 것이지요."

"역시 천뇌비록의 전편 같은 것은 없었던 것입니까?"

제갈건이 미간을 살짝 찌푸리며 물었다.

"없었습니다."

풍월이 단호히 고개를 저었다.

"하면 천뇌마존께서 사마세가에 전했다는 건 천마도겠군요."

"……"

풍월이 두 눈을 휘둥그레 뜨고 제갈건을 바라보았다.

어찌나 놀랐는지 살짝 벌어진 입에서 침이 흘러내릴 정도였다.

"그, 그걸 어찌 아셨습니까?"

"천뇌마존께서 도화원이라는 곳에서 천마 조사와 함께 은거를 했다고 하지 않았습니까. 또한 사마세가에 큰 빚을 졌고 어떻게든 은혜를 갚고 싶어 했다고 했습니다. 말년에 깨달은 천뇌비록이 이제야 전해졌으니, 미리 전해졌다면 천마도뿐이라 생각했습니다. 그래도 설마 했습니다. 정말 천마도가 맞는 것입니까?"

"맞습니다. 천마 조사님의 무공이 그대로 사장되는 것을 안타깝게 여긴 천뇌마존께서 천마도를 만드셨습니다. 그리고 그것을 사마세가에 보내셨지요."

순간 제갈건의 얼굴이 무섭게 굳어졌다. 그의 뇌리에 온갖 가설이 떠올랐기 때문이다.

"사마세가에 전해진 천마도가 어째서 개천회의 손에 있는 것일까요? 사마조는 정말 천마도의 존재를 몰랐던 것일까요, 아니면 알면서 모르는 척한 것일까요? 만약 사마세가가 개…천회라면 과거 천뇌마존께서 몰락시킨 사마세가는 어찌 설명을 해야 할까요? 천뇌마존과 천풍묵검, 그리고 수많은 군웅들이 저들의 위장술에 속아 넘어간 것일까요? 이미 수백 년 전에 천마도를 얻었으면서 지금에서야 천마동부를 연 까닭은 무엇일까요?"

제갈건은 생각나는 대로 마구 질문을 쏟아냈다.

풍월 역시 그와 같은 의문을 가지고 있기에 정확히 대답을 할 수가 없었다.

"모든 것이 불확실합니다만 천뇌마존께서 제작하신 천마도가 이미 수백 년 전에 사마세가에 전해졌다는 것은 확실한 사실입니다. 하지만 사마세가의 후손은 이를 부인했습니다. 정말 모르는 것인지, 알면서 모르는 척하는 것인지 또한 명확하지 않습니다. 해서 이제부터 제대로 확인을 해볼 생각입니다."

풍월이 제갈건의 얼굴을 직시하며 물었다.

"도와주시겠습니까?"

제갈건이 힘주어 고개를 끄덕였다.

"물론입니다."

　　　　　*　　　　　*　　　　　*

"자네 무슨 생각을 그리 깊게 하는가?"

염초의 물음에 사마조는 대답을 하지 않았다.

"이보게."

염초가 사마조의 팔을 잡으며 불렀다. 화들짝 놀란 사마조가 고개를 돌렸다.

"몇 번이나 불렀네."

"죄송합니다."

"아까부터 표정이 영 좋지 않아. 무슨 걱정이라도 있는 것인가?"

염초가 걱정스러운 얼굴로 물었다.

"아무래도 느낌이 좋지 않습니다."

"느낌이 좋지 않다니, 그게 무슨 소린가?"

"풍월과의 대화 말입니다. 지금 생각해 보면 모든 대화가 마치 취조를 받은 듯한 느낌이 듭니다. 그리고 어쩌면……."

잠시 말을 끊고 생각에 잠겼던 사마조가 입술을 지그시 깨물며 말을 이었다.

"놈이 던진 미끼를 물은 것 같기도 합니다."

"미끼라면 혹, 천마도를 말하는 것인가?"

"예, 놈은 천뇌마존이 본 가에 처음 보낸 것이 뭔지 모른다고 했습니다. 정확히 적혀 있다고도 하지 않았고요."

"그래서 적당히 둘러댔지 않은가?"

"만약 적혀 있다면요?"

염초의 표정이 딱딱히 굳었다.

"놈이 처음부터 알고 질문을 던졌을 수도 있다는 생각이 자꾸만 듭니다."

"함정을 팠다는 말이군."

"예, 차라리 천마도에 대해서 말을 하는 것이 나을 수 있었습니다. 받기는 했으되 당시 상황이 좋지 않아 제대로 알아볼 여지도 없이 분실을 했다는 설명 정도면 충분했는데."

사마조의 입에서 한숨이 흘러나왔다.

풍월, 그리고 제갈건의 장단에 놀아난 자신이 너무도 한심했다.

"하지만 놈이 그걸 믿겠는가?"

"믿지 않아도 상관은 없습니다. 어쨌거나 천마도를 감추지 않고 드러냈다는 것이 중요한 것이니까요. 또한 천마도가 세상에 드러난 것이 얼마 되지 않았다는 것을 감안하면 분실했다는 변명도 충분히 설득력이 있습니다. 놈이 믿건 안 믿건 군웅들은 납득을 할 테니까요."

"그렇군. 자네 말을 듣고 보니 그 편이 더 나을 듯해. 놈이 천마도가 사마세가로 전해졌다는 것을 알고 있다는 전제 하에선."

"알고 있습니다. 틀림없이."

사마조는 떠나는 자신에게 보내던 풍월의 눈빛을 떠올리며 주먹을 꽉 쥐었다. 그 눈에 담긴 감정은 분명 조롱과 비웃음이었다.

"하면 어째서 그냥 보낸 것일까? 놈이 자네의 거짓말을 눈치챘다면 이렇게 보낼 이유가 없을 텐데."

"이미 수백 년 전의 일. 제가 부인하면 그만이니까요. 놈들 역시 증거는 없습니다. 그저 정황상의 추측일 뿐이지요. 무리해서 저와 본 가를 압박하려다간 오히려 군웅들의 반감만 산다는 것을 알고 있는 것입니다."

"지금 당장은 어쩔 수 없다는 말이군."

"하지만 앞으론 놈의 모든 신경이 본 가로 향할 것입니다. 조금만 틈을 보이면 그대로 물어뜯을 준비를 하면서."

"너무 걱정하지는 말게. 사마세가를 감시한다고 얻을 것은 별로 없어. 누구보다 자네가 잘 알지 않나."

염초가 근심에 쌓인 사마조를 달랬다.

사마세가와 개천회가 철저하게 분리되어 있는 상태로 그 고리를 발견하는 것은 결코 쉬운 일이 아니었다.

"그건 모르는 일입니다. 사소한 구멍 하나로부터 거대한 둑이 무너지는 법이니까요. 그래도 쉽게 당할 생각은 없습니다."

"좋은 생각이라도 있는 것인가?"

염초의 질문에 사마조는 대답을 하지 않았다.

그의 입가에 지어진 차가운 미소를 본 염초는 더 이상 묻지 않았다.

* * *

"빌어먹는 재주밖에 없는 거지가 위대하신 패천마궁의 궁주님을 뵙습니다."

구양봉이 요란스레 인사를 하며 허리를 숙였다.

"지랄! 얼마 만에 보는 건데 장난은."

성큼성큼 다가간 풍월이 고개를 빼꼼히 쳐드는 구양봉의 몸을 거칠게 안았다.

"궁주께서 이 미천한 몸을……."

"이대로 허리 분질러 버린다."

호들갑을 떨던 구양봉이 풍월의 위협에 얼른 입을 다물었다.

그러고는 샐쭉한 표정으로 그를 밀쳐냈다.

"아무리 농을 했기로서니 형님 허리를 분지른다는 말은 좀 그렇지 않냐?"

"흐흐흐! 그러니까 상대를 봐가면서 농을 해야지."

"재미없는 놈."

풍월의 몸을 홱 밀쳐낸 구양봉이 고개를 휘휘 돌리며 물었다.

"형님 허리나 분지르려는 둘째 놈과는 달리, 농도 잘 받아주는 우리 귀여운 막내는 어디 있냐?"

"형님 왔다는 소리를 들었으니까 금방 올걸. 아니다. 그래도 조금 걸리려나."

"왜? 무슨 일 있어?"

구양봉이 눈을 크게 뜨며 묻자 풍월이 음침한 미소를 지었다.

"흐흐흐! 막내 놈이 드디어 사랑에 빠졌어. 한눈에 반했다고 해야 할까."

"허!"

구양봉의 입이 쩍 벌어졌다.

"사, 상대가 누군데? 어떤 처자기에 목석같은 우리 막내의 마음을 훔친 거야?"

"하오문주."

"하오… 문주? 그게 말이 되냐?"

"뭐가?"

"뭐긴, 하오문주하고 오늘 만난 것 아냐? 아니면 예전부터 인연이 있었대?"

"오늘 봤어."

뭔가 잔뜩 기대하고 있던 구양봉의 얼굴에 실망감이 나타났다.

"나 원, 그런데 무슨 사랑이냐?"

"한눈에 반했다고 했잖아. 보는 순간 맛이 갔어. 고놈은 지가 어떤 눈으로 주 소저를 바라보는 건지도 모르는 모양인데, 옆에 있는 사람은 눈치를 못 챌 수가 없어."

"허! 그 정도냐?"

구양봉이 기가 막히다는 표정으로 되물었다.

스스로의 감정을 통제하는 것에 있어서만큼은 풍월도 따라오지 못할 정도로 완벽한 평정심을 유지할 수 있는 천하제일의 살수 형웅과는 전혀 어울리지 않는 상황이기 때문이었다.

"백문불여일견(百聞不如一見). 두고 보면 알 거야."

풍월의 말이 끝나기가 무섭게 문이 벌컥 열리며 형웅이 뛰어들었다.

"형님!"

"그래, 오랜만이다. 잘 지냈지."

"예, 형님은… 어째서 꼴이……."

형웅은 엉망이 된 구양봉의 모습을 보며 깜짝 놀랐다.

"모양새가 좀 그렇지? 이곳으로 오는데 북해빙궁 놈들이 얼마나 암습을 해대던지. 그래도 양호해진 거다. 며칠 전만 해도 진짜 꼴이 말이 아니었다."

"다친 곳은 없습니까?"

암습이란 말에 형웅의 눈가에 스산한 살기가 나타났다 사라졌다.

"괜찮아. 이런저런 부상을 당하기는 했지만 걱정할 정도는 아니니까."

구양봉이 지금도 조금은 통증이 느껴지는 옆구리를 슬쩍 문지르며 웃었다.

"일단 앉자. 한데 갑자기 여기까진 웬일이야? 북해빙궁이 물러났다는 소식은 못 들었는데."

풍월이 자리를 권하며 물었다.

"하오문의 소식을 들었다. 네가 그들을 구하러 간다는 소식까지. 아, 서문세가의 일도 들었다. 괜찮은 거냐?"

구양봉이 풍월의 얼굴을 지그시 바라보며 물었다.

"솔직히 처음엔 많이 놀랐어. 하지만 단지 그뿐이었지. 애당초 그쪽하고 크게 인연이 있는 건 아니니까. 그런데 시간이 지나니까 뭔가가 울컥울컥 치밀더란 말이지. 확실히 핏줄이라는 게 무섭긴 해. 뭐, 그렇다고 눈이 돌아가거나 한 건 아니고."

풍월의 담담함에 오히려 구양봉이 머쓱한 표정을 지었다.

"화 소저와 함께 왔다며?"

"그래, 하오문의 구원 요청을 받고도 빨리 움직이지 못했다고 많이 자책했어. 하필이면 그때 상황이 나빠져서 그렇게 되었지만 그녀의 입장에선 또 그런 게 아니지. 들어보니까 선대로부터 내려오는 인연이 무척이나 깊었더라고."

"그래 보였습니다. 보자마자 부둥켜안고 울더라고요."

형응의 말에 구양봉이 반달눈을 뜨며 은근히 물었다.

"그래서, 가슴이 아팠어?"

"예?"

"아팠겠지. 사랑하는 사람이 눈물을 흘리는데 아프지 않을 리 없지."

구양봉이 가슴을 부여잡고 몸을 배배 꼬았다.

"무, 무슨 소리를 하는 건데요?"

형응이 당황한 얼굴로 묻자 구양봉이 씨익 웃으며 말했다.

"우리 막내가 사랑에 빠졌다면서. 첫눈에 반했다고?"

"예? 그, 그게 무… 슨 말도 안 되는 소리를… 딸꾹!"

더듬거리며 말하던 형응이 갑자기 딸꾹질을 했다.

"그게 그런 거야. 머리론 속이려고 해도 여기 때문에 잘 안

돼. 특히 짝사……."

형웅의 가슴에 손을 대던 구양봉이 고개를 돌려 물었다.

"그런데 짝사랑이냐?"

"아직까지는 그럴걸. 저놈이야 한눈에 갔지만 주 소저의 마음이야 모르지."

"쯧쯧, 짝사랑만큼 힘든 것이 없는데. 우리 막내 안쓰러워서 어쩌나."

신나서 주고받는 풍월과 구양봉의 모습에 형웅이 정색을 하며 말했다.

"장난 그만치세요. 누가 들으면 오해하겠습니다."

"장난 아닌데. 그리고 이미 다들 오해하고 있다."

"아, 정말 왜……."

형웅이 목소리를 높이려 하자 풍월이 손가락을 들어 그의 말을 막았다.

"잠깐 내 얘기를 들어봐. 너는 아니라고 하지만 언제부터인지 네 시선이 주 소저에게 고정되어 있었어. 농담이 아니라고. 몰랐지?"

"……."

형웅이 흔들리는 눈빛으로 풍월을 바라보았다.

"거봐. 너도 의식하지 못할 정도라는 거야. 그게 첫눈에 반한 게 아니면 뭐냐? 그게 바로 이 형님이 주 소저가 거절하는

데 굳이 치료를 도우라고 널 내보낸 이유다."

"술 마신 것처럼 얼굴도 빨갛게 달아올랐네. 흐흐흐!"

다시금 놀리던 구양봉이 고개를 홱 돌려 노려보는 형웅의 눈빛에 얼른 화제를 돌렸다.

"막내의 짝사랑이야 진행 중이니까 어찌 되는지 두고 보면 될 것이고. 대충 어떤 상황인지 얘기나 좀 듣자. 천뇌마존이 은거한 곳이라는 말이 있던데, 맞냐?"

"맞아. 하지만 진짜 중요한 건 천뇌마존이 아니지."

농을 거둔 풍월이 천뇌곡에서 벌어진 일들을 빠르게 설명했다.

혼천환상겹륜대진을 뚫어낸 일과 천뇌마존의 이야기에선 추임새까지 넣으며 흥미롭게 듣던 구양봉의 표정은 사마조에 이르러 심각하게 변했다.

"미친 거냐? 사마조란 놈을 어째서 그냥 보낸 거야?"

구양봉이 버럭 화를 냈다.

"보내지 않으면?"

"당장 잡아서 심문을 해야지. 그 쥐새끼 같은 놈이 거짓말 하는 것이 뻔히 보이는데."

"정황뿐이잖아. 물증도 없이 다짜고짜 심문해선 얻을 게 없었어. 만약 놈이 끝까지 부인을 하면 우리만 우습게 되는 거야. 왜? 수백 년 전의 일을 가지고 현재 떠들어대는 거니까.

게다가 사마세가의 가주이자 정의맹주의 아들이야. 난 패천마 궁의 궁주고. 자칫하면 큰 문제로 번질 수 있어."

"개천회가 사마세가의 탈을 뒤집어쓰고 있는 것만큼 큰 문제는 없다."

"아니, 어쩌면 일부러 꼬리를 드러낸 것일 수도 있어."

"그건 또 뭔 개소리야?"

구양봉이 신경질적으로 물었다.

"내가 하오문주를 구하는 순간 개천회를 서문세가로 둔갑시키려는 놈들의 계획은 끝장이 났어. 그런 상황에서 사마세가나 혁련세가는 의심을 받을 수밖에 없고. 아예 그럴 바엔 작심하고 일을 키울 수도 있는 거잖아. 어쨌거나 군웅들의 입장에서 난 서문세가의 복수를 위해 눈이 뒤집힌, 흡성대법을 익힌 무림공적 패천마궁의 궁주니까."

"하긴, 명확한 증거 없이 사마세가를 몰아세우는 건 확실히 무리야. 맞아. 네가 패천마궁의 궁주가 아니었다면 모를까 현 상황에선 더욱 그래. 정말 네 말대로 거기까지 노리고 꼬리를 드러낸 것이라면 그놈도 진짜 만만치 않은 놈이네."

차분히 이어지는 풍월의 말에 잔뜩 흥분했던 구양봉도 어느새 냉정함을 되찾았다.

"그래서, 이제 어쩌려고?"

구양봉이 더없이 진지한 표정으로 묻자 풍월이 피식 웃음을 터뜨리며 말했다.

"어쩌긴, 이렇게까지 길게 꼬리를 드러냈는데 모른 척할 수는 없잖아. 놈들이 원하는 대로 잘근잘근 밟아줘야지."

제105장

타오르는 불씨

　풍월이 천뇌곡에 갇혀 있던 하오문주를 구해내면서 하오문주가 남궁세가와 정의맹주에게 서문세가의 정체를 폭로하는 전령을 보낸 적이 없다는 사실이 밝혀졌다.

　풍월의 움직임에 촉각을 세우며 결과를 지켜보던 무림은 서문세가가 누명을 쓰고 멸문지화를 당했다는 사실에 엄청난 충격을 받았다.

　서문세가를 공격하는 데 중추적인 역할을 한 남궁세가와 정의맹에게 비난이 집중됐고 책임론이 거세게 일었다.

　문제는 책임을 질 방법이 없다는 것이었다.

서문세가의 무인들과 식솔들 수백 명이 목숨을 잃었다.

목숨의 빚은 오직 목숨으로만 갚을 수 있는 것. 그렇다고 남궁세가나 정의맹에 목숨으로 빚을 갚으라고 할 수도 없었다. 목숨을 내놓을 리도 없거니와 그들 역시 함정에 빠진 것이기에 어찌 보면 피해자라는 말까지 슬며시 흘러나왔다.

하지만 그건 서문세가가 개천회가 아니라는 것을 몰랐을 때, 함정에 빠졌을 때나 성립하는 논리였다.

풍월은 서문세가의 멸문을 의도적으로 계획했거나 알면서 방조한 자들에 대해 반드시 책임을 묻겠다고 천명했다.

무림을 걱정하는 이들은 두려운 눈으로 풍월의 다음 행보를 바라보았다.

서문세가를 함정에 빠뜨린 가장 유력한 용의자로 당연히 개천회가 꼽혔으나 서문세가와 권력 다툼을 하고 있는 사마세가나 혁련세가 등도 충분히 의심을 받을 수 있는 위치였다. 만약 그들이 서문세가의 일에 관련이 있다면 그야말로 상상도 하기 싫은 최악의 상황이 벌어질 수 있었다.

"결국 실패했군."

서문세가 공격을 무사히 끝내고 돌아온 위지허가 김이 모락모락 나는 찻잔을 들며 말했다. 계획이 성공하지 못한 것을 아쉬워하는 눈치였다.

"어쩔 수 없지. 설마하니 하오문 놈들이 숨어든 곳에 펼쳐져 있던 절진이 천뇌마존의 작품이라니. 보고를 들었을 때 어찌나 황당하던지. 답이 없었던 것도 이해는 가."

위지허가 너털웃음을 터뜨리는 사마용을 바라보며 고개를 갸웃거렸다.

"그런 것치고는 너무도 태연한 것 같은데."

"완벽한 실패는 아니니까. 절반의 성공이라고나 할까."

"무슨 소린가?"

"서문세가를 개천회로 둔갑시키는 것은 실패했으나 나름 원하던 결과는 얻었다는 말일세."

"정의맹에서 사마세가를 비난하는 자들의 목소리가 커지고 있다고 들었네."

"맞네. 형산파가 주도를 하는 모양이더군."

가볍게 고개를 끄덕이는 사마용의 입가엔 비웃음이 가득했다.

형산파는 남궁세가와 함께 나름 강남의 맹주를 다투던 문파였다. 물론 역사와 전통에서 남궁세가에 비할 바는 아니나 정무련의 주축으로 그 영향력은 결코 무시할 수준이 아니었다.

정무련이 마련과의 싸움에서 크게 낭패를 보고 위기에 빠졌을 때 사마세가를 주축으로 한 정의맹이 탄생했다.

남궁세가, 형산파 등은 새로운 세력의 등장에 난색을 표했지만 어쩔 수 없이 인정을 하고 손을 잡았다. 그런데 끝까지 정무련을 지킨 남궁세가와는 달리, 형산파는 정무련을 버리고 아예 정의맹으로 방향을 틀며 많은 비난을 받았다.

　그런 이유로 충분한 힘과 세력을 가지고 있음에도 정의맹에서 큰 목소리를 내지 못했는데, 서문세가가 몰락하고 사마세가와 혁련세가가 의심을 받으면서 상황이 묘하게 흘러갔다. 의도했건 의도하지 않았건 자연스레 영향력이 커지면서 서문세가를 대체하는 세력으로 성장한 것이었다.

　"형산파의 세가 커지는 것은 그다지 바람직하지 않네. 차라리 황산진가를 키우는 것이 어떤가?"

　위지허는 개천회의 손을 거의 타지 않은 형산파보다는 황산진가가 서문세가를 대체하는 것이 옳다고 생각했지만 사마용은 고개를 저었다.

　"앞으로의 일을 생각하면 형산파가 적당하네. 본 가나 혁련세가는 아무래도 목소리를 내기가 어렵거든. 하지만 형산파는 다르지. 오히려 자신들의 세를 부각시키기 위해 목소리를 키울 걸세. 그리고 정의맹은 자연히 그들의 의견대로 움직이게 되는 것이고."

　"움직인다면……."

　"패천마궁."

"아!"

위지허의 입에서 탄성이 터져 나왔다.

"서문세가 일로 정무련과 정의맹이 불신을 당하는 상황에서 마련을 완벽하게 굴복시킨 패천마궁은 급격히 세를 키울 걸세. 그리고 궁주란 놈이 서문세가의 복수를 천명했으니 흉수를 찾는다는 명분으로 이곳저곳을 헤집고 다니겠지. 한데 패천마궁이 어떤 곳인가. 얼마 전까지만 해도 정무련이 상정한 최악의 적이었네. 게다가 현 궁주라는 놈은 흡성대법을 익혀 무림공적이 된 몸. 처음에야 명분을 잃었으니 참겠지만, 충돌이 잦아지고 불만이 쌓이면 반드시 문제가 생기게 되겠지. 형산파는 바로 그 상황에서 패천마궁과 대립하는 데 선봉이 될 것일세."

"정의맹 내에서 세를 키우기 위해서?"

"그렇지. 정의맹이 움직이게 되면 자연적으로 정무련도 따라 움직일 수밖에 없지. 사천당가를 중심으로 하는 서북무림도 이에 호응할 것이고. 결국은 패천마궁과의 충돌은 피할 수가 없는 것이네."

말을 마친 사마용이 느긋하게 찻잔을 들었다.

"의도는 좋지만 정말 그렇게 움직여 줄까? 개천회의 존재에 대한 두려움이 여전할 텐데."

"물론 충분히 경계를 할 테니까 생각보다 쉽지는 않겠지. 미래의 위협보다는 현재의 위협에 더 민감하게 반응하는 것이 인간들의 속성일세. 옆에서 사람이 죽어나가는데 참을 수 있는 사람은 별로 없어."

"옆에서 사람이 죽어나간다면… 허! 벌써 움직인 건가?"

"당연히. 풍월이란 놈이 본 가를 의심하고 있는 상황이네. 이미 보이지 않는 눈들이 본 가의 주변을 배회하고 있다는 보고도 있었고. 그런 상황에서 가만히 있어선 자격이 없지."

"녀석이 직접 움직였군. 어쩐지 귀환이 너무 늦는다 싶었네. 난 또 천뇌비록에 푹 빠져 있는 줄 알았지. 어디 보통 책인가."

위지허가 고서(古書)라면 환장을 하는 사마조의 모습을 떠올리며 껄껄 웃었다.

"놈에게 정체를 들키지 않았으면 그랬을 수도. 하지만 한가로이 책이나 파고 있을 상황이 아니니 아마도 누구보다 바쁘게 움직이고 있을 걸세."

*   *   *

"흠, 이것 참."

다소 신경질적으로 서찰을 내려놓는 순후의 표정은 무척이나 어두웠다.

"아직입니까, 군사님?"

분주하게 서류를 분류하던 묵영단 부단주 사유가 순후가 내려놓은 서찰을 슬쩍 들으며 물었다.

"음."

천천히 고개를 끄덕인 순후가 생각에 잠겼다.

풍월이 천마대를 이끌고 하오문주를 구하러 떠난 후, 순후는 정신없이 하루하루를 보냈다.

마련의 급격한 몰락 이후, 패천마궁에 등을 돌렸던 거의 모든 문파들이 고개를 숙여왔다.

하나, 패천마궁과 마련으로 분리되어 있는 짧은 시간 동안 양측은 돌이키기 힘들 정도로 치열한 싸움을 벌여왔고, 상상도 할 수 없는 피해를 안졌다. 멸문지화를 당한 문파가 십수 개요, 그에 준하는 피해를 당한 문파가 수십을 넘겼다.

힘든 여건에서 끝까지 버티다 결국 승자가 된 이들은 철저한 보복을 원했고, 마련 쪽에 속했던 자들은 불가피한 상황을 들먹이며 선처(?)를 원했다.

어느 한쪽 주장만 수용할 수 없었던 순후는 양측의 의견을 조율하기 위해 진땀을 뺐다.

심정적으론 패천마궁에서 함께 고생한 자들의 의견에 힘을 실어주고 싶었다. 전임 궁주의 죽음, 그리고 수많은 동료, 수하들을 떠올릴 때마다 그 역시 배반자들의 목을 모조리 쳐버리고 싶은 마음이 불쑥불쑥 치솟았으나 그럴 수는 없었다.

패천마궁의 미래를 감안했을 때 최대한 상처 없이 문제를 봉합해야 했다. 개천회는 물론이고 정무련과 정의맹의 분위기까지 심상치 않은 상황에서 단 한 명의 전력이라도 소중하기 때문이었다.

하지만 무엇보다 그의 머리를 아프게 하는 것은 형주분타에서 농성을 하다가 갑자기 도망을 친 만독방과 풍천뇌가의 존재였다. 특히 움직임이 확인된 풍천뇌가와는 달리 어느 순간부터 아예 흔적이 사라진 만독방은 순후에게 큰 걱정거리를 안겼다.

만독방과는 한 하늘에서 살 수 없는 관계다.

만독방 역시 그걸 알기에 언제 어디서 무슨 짓을 꾸밀지 알수가 없었다.

흑귀대가 형주분타 인근에 나타났다는 것을 감안해 개천회가 개입했다는 추측을 하고는 있으나 확실한 것은 아니었다.

"인원을 더 투입해야 할까?"

순후가 물었다.

"힘들 것 같습니다. 지금도 묵영단에서 가용할 수 있는 모든 인원을 동원하여 만독방을 쫓고 있습니다. 인원을 더 투입하려면 다른 곳에서 인원을 차출해야 하는데 현 상황에선 너무 버겁습니다."

사유가 고개를 젓자 그가 어떤 대답을 할지 이미 알고 있던 순후는 한숨을 내쉬었다.

"그렇겠지. 가뜩이나 인원도 부족한데."

마련과의 싸움에서 정보전을 책임져야 했던 묵영단 역시 상당한 피해를 당했다. 과거 패천마궁에서 운용하던 인원과 비교해 볼 때 지금은 삼분지 일도 남지 않았다.

"그래도 포기할 수는 없잖아. 일단 가능한 범위에서 최대한 지원을 해. 어떤 면에선 풍천뇌가보다 훨씬 위협적인 곳이 만독방이니까. 반드시 찾아야 한다."

"알겠습니다."

고개를 숙여 대답한 사유가 서찰 하나를 빼 들며 말했다.

"어느 정도는 정리가 끝난 모양입니다."

"뭐가? 아, 총단."

"예, 훼손된 곳이 많아 예전처럼 복원을 하려면 시간도 오래 걸리고 비용도 꽤나 많이 들 것 같습니다."

시간과 비용이 많이 든다는 소리에 순후의 낯빛이 살짝 어두워졌다.

"그래도 언제까지 이곳에 있을 수는 없지. 이곳은 임시 거처일 뿐이다. 물론 어찌하실지는 궁주님께서 결정하시겠지만."

"궁주님은 언제 돌아오시는 겁니까?"

"모르겠다. 내일쯤이면 제갈세가에 도착하신다는 연락은 왔는데, 금방 돌아오시진 못할 것 같다. 서문세가의 일도 그렇고 사마세가 놈들의 정체도 확실히 확인하실 모양이니까."

"사마세가가 개천회라면 이보다 큰 충격은 없을 것 같습니다."

사유의 말에 순후가 쓴웃음을 지었다.

"그러고 보면 제갈세가가 참 대단하긴 해. 이미 한참 전부터 그들을 의심하고 있었으니까. 천하에 누가 사마세가와 개천회를 엮어서 생각을 했겠어."

"하지만 그들도 결국은 개천회의 공작에 당했습니다. 이번 일로 서문세가를 제외하고 가장 큰 피해를 당한 곳은 제갈세가 같습니다. 개천회의 계략을 간파하지 못한 것도 그렇고, 심혈을 기울여 키워낸 와룡대가 몰살을 당했으니까요."

사유가 말했다. 조금은 안타까워하는 말투였으나 겉으로 드러난 표정까지 그렇지는 않았다.

"하오문주를 끌어들인 상황이 너무 절묘했어. 게다가 가짜 전령이 가져온 간자들의 명단은 분명 사실이었잖아. 제갈세가가 아니라 천하의 그 누구도 속아 넘어갈 수밖에. 이건 제갈세가가 부족한 것이 아니라 개천회 놈들이 대단한……."

벌컥!

느닷없이 열린 문이 순후의 설명을 끊었다.

"군사님!"

문을 박차고 뛰어든 사람은 묵영단의 맹점이었다.

"무슨 일이야?"

사유가 벌떡 일어나며 물었다.

하얗게 질린 얼굴, 무례를 따질 상황이 아니었다.

"크, 큰일 났습니다."

"알아. 그러니까 그게 무슨 일이냐고."

사유가 잔뜩 흥분한 맹점의 어깨를 잡아채며 물었다.

"마련 놈들이 정의맹을 공격했습니다."

사유의 눈이 급격하게 커졌다.

"마련이라면… 이번에 굴복한 놈들?"

"예."

"이런 미친! 누가, 어떤 놈들이 그런 짓을 벌이는 거야?"

사유의 목소리도 점점 커졌다.

"귀혼문, 혼천방, 백살문. 현재까지 확인된 문파는 이렇게 셋입니다."

"더 있을 수 있다는 소리야?"

"아직까지는 없습니다만 가능성은 있습니다."

"빌어먹을 새끼들!"

사유의 입에서 욕설이 터져 나왔다.

"개천회가 개입했을 가능성은?"

순후가 물었다.

"그건……."

맹점이 말끝을 흐리자 순후가 됐다는 듯 손을 들었다.

"사유."

"예, 군사님."

"싸움에 참여한 놈들이 더 있을 수 있다. 최대한 빨리 확인해. 그리고 그 미친놈들이 모든 다툼을 멈추고 자중하라는 궁주님의 명을 어기고 어째서 정의맹을 공격한……."

순후가 맹점에게 고개를 홱 돌렸다.

"정확히 어떤 문파를 공격한 것이지?"

순간적으로 멈칫한 맹점이 이내 대답했다.

"형산파입니다."

*   *   *

"귀혼문, 혼천방, 백살문에 흑사문까지 움직였군."

제갈중이 보고서를 내려놓으며 중얼거렸다.

"몇 곳이 더 있기는 한데 움직임 자체가 소극적인지라 제외했습니다."

비응단주 제갈후가 서찰 하나를 다시 건네며 말을 이었다.

"흥미로운 것은 대대적으로 공격을 하기는 했지만 얻은 것이 거의 없다는 겁니다."

"남궁세가와 더불어 강남무림의 맹주를 자처하던 곳이네. 지금이야 모양새가 우습게 되었지만 결코 만만한 곳이 아니야. 잔챙이들이 아니라 최소한 패천마궁의 기둥들이 움직여야 상대가 가능하지."

"하지만 형산파와 밀접한 문파들은 꽤 피해가 큽니다. 의천운가(義天雲家)는 아예 멸문지화를 당했고, 광소문(光燒門)과 대홍문(大弘門)도 그에 준하는 큰 피해를 당했습니다."

"흠, 모두 형산파 인근에 있는 곳들이군. 마치 형산파에 이르는 관문을 깬 것처럼 보여."

"예, 놈들은 관문을 깨며 기세를 올렸으나 정작 형산파에는 변변한 공격도 해보지 못하고 패퇴했습니다."

"말했잖나. 수준이 다르다고."

"아니면 일부러 물러난 것일 수도 있지요."

제갈후가 의미심장한 눈빛으로 말했다. 제갈중이 피식 웃으며 되물었다.

"형산파의 전력을 최대한 보전해 주기 위해서?"

"예."

"충분히 가능한 일이지. 어느 정도는 예상했던 일이고. 다만 방향이 틀렸군. 정의맹이 아니라 정무련 쪽을 건드릴 것 같았는데."

"풍 궁주에 의해 사건의 전모가 드러난 이후, 정의맹 내부에서 형산파가 급격히 세를 키우고 있습니다. 아마도 그것이 영향을 끼친 것 같습니다."

"형산파의 위세를 꺾기 위함이라 보는가?"

제갈중이 턱을 괴며 물었다.

"그보다는 형산파가 마음껏 날뛸 수 있는 명분을 주기 위함이라고 봅니다. 현 상황에서 사마세가나 혁련세가는 운신의 폭이 넓지 못합니다. 이미 큰 실착을 보여줬으니 패천마궁과의 분쟁을 함부로 결정할 수는 없습니다. 남궁세가 또한 마찬가지의 입장이고요. 하지만 형산파는 다릅니다. 공격을 당했다는 명분도 있고, 이번을 기회로 정의맹 내에서 지위를 공고히 하기 위해서라도 강하게 부딪쳐 올 가능성이 높습니다. 그리고 한번 불이 붙으면……"

"과거의 악연 때문이라도 크고 뜨겁게 달아오르겠지. 더구나 개천회처럼 보이지 않는 적도 아니고 눈앞에서 위협을 한다고 느낄 테니까."

"개천회, 아무튼 대단한 놈들입니다. 뭔가 움직임이 있을 것이라 예상은 했지만 이렇듯 빠르게 시작할 줄은 몰랐습니다. 풍 궁주가 익힌 흡성… 대법을 대대적으로 부각시켜 결국 무림공적으로 만든 것도 마치 오늘을 위해 미리 준비한 것 같습니다."

형산파를 공격한 문파들 뒤에 개천회가 있다고 확신하고 있는 제갈후는 끊임없이 무림을 혼란 속으로 몰고 가는 개천회의 능력에 혀를 내둘렀다.

　"사마조였던가. 아무튼 그자를 만난 이후, 풍 궁주가 본격적으로 사마세가를 의심하기 시작했네. 아마도 그걸 눈치챘을 것이고 당연히 위기감도 느꼈겠지. 아, 사마세가를 감시하고 있는 아이들에게선 별다른 전갈이 없나?"

　"딱히 의심할 만한 움직임은 없는 것 같습니다."

　"의심을 받는다는 것을 눈치챘으니 더욱 조심하겠지. 하지만 반드시 빈틈을 보일 걸세. 그런 기회를 절대 놓쳐서는 안 될 것이네."

　"단단히 일러두었습니다."

　"좋아. 이번 기회에 반드시 놈들을 잡아야 하네. 억울하게 죽어간 식솔들의 원한을 반드시 풀어줘야지."

　와룡대가 몰살을 당했다는 소식에 사흘간이나 피를 토하며 피눈물을 흘렸던 제갈중. 입술을 꽉 깨무는 그의 눈동자가 차갑게 빛났다.

＊　　　　＊　　　　＊

　"연락이 끊겨, 언제?"

사마조를 은밀히 뒤따르고 있던 염호에게서 연락이 끊겼다는 말에 풍월이 놀란 눈으로 물었다.

"사흘 전에 도착한 전서구를 끝으로 더 이상 연락이 오지 않고 있습니다."

형웅이 침울한 표정으로 말했다.

"거리가 너무 벌어져서 그런 건 아닐까?"

구양봉이 걱정스러운 얼굴로 물었다. 그는 하오문 재건을 위해 애쓰는 주하예를 돕기 위해 남경에 남은 화연과는 달리 제갈세가로 향하는 풍월 일행과 합류한 상태였다.

"아니요. 그걸 염려해서 중간에 연락을 이어줄 인원도 몇 배치했습니다. 이틀은 몰라도 사흘이라면……."

말을 줄이는 형웅. 굳이 설명하지 않아도 그가 말하고자 하는 바를 모르는 사람은 없었다.

"미안하다. 묵영단이나 밀은단의 요원 정도로는 불가능할 것 같아서 부탁한 것인데. 내가 실수한 모양이다."

풍월이 진심으로 사과를 했다.

"아니요. 어차피 위험한 걸 알고 시작한 일입니다. 그만큼 중요하기도 했고요."

"하지만……."

풍월은 담담한 형웅의 태도에 오히려 마음이 아팠다.

"그래, 기다려 보자. 반드시 살아 있을 거다."

애써 형웅을 다독인 풍월이 한숨을 내쉴 때 그의 눈치를 보며 망설이던 은혼이 어쩔 수 없다는 표정으로 다가왔다. 단순히 분위기를 살피기엔 군사가 보내온 소식이 너무도 급했다.

"맹주님."

"무슨 일입니까?"

"군사께서 전서를 보내오셨습니다."

"군사께서요?"

연락을 주고받은 지 하루도 안 되어서 다시 전서구가 날아왔다는 소식에 풍월의 미간이 절로 찌푸려졌다.

은혼이 건넨 서찰을 빠르게 읽어 내려가던 풍월의 표정이 묘하게 바뀌었다.

"무슨 일이야?"

구양봉이 고개를 빼며 물었다.

"마련, 아니지. 지금은 본 궁에 다시 굴복을 했으니 패천마궁이 되겠네. 어쨌든 본 궁에 속한 놈들 몇이 형산파를 공격했다고 하는데."

"형산파를? 형산파면 정의맹이잖아."

구양봉이 깜짝 놀라 소리쳤다.

"그래, 한데 정작 형산파를 제대로 치지는 못하고 주변 문파만 작살낸 모양이야."

풍월이 서찰을 구기며 가소롭다는 듯 웃었다.

"궁주의 명령 없이 함부로 움직이지는 못할 테고. 결국 개천회가 개입한 거냐?"

"그렇겠지. 현재까지의 조사로는 딱히 개입한 흔적은 찾을 수 없다고는 하지만 글쎄, 어떨까."

개천회가 어떤 식으로든 도발을 해올 것이라 판단하고 있던 풍월은 이번 일 또한 개천회가 개입한 것으로 확신했다.

"위지평."

"예, 궁주님."

"천마대에 전해라. 길을 조금 더 서둘러야겠다."

"존명!"

위지평이 황급히 사라지자 구양봉이 물었다.

"지금쯤이면 제갈세가에서도 이 사실을 알고 있겠지?"

"물론. 세상에 잘 알려지지 않아서 그렇지 제갈세가의 정보력은 개방에 못지않아."

풍월의 농 섞인 말에 구양봉이 코웃음을 쳤다.

"그건 아니고."

"쓸데없는 잡담은 그만하고 이제 속도를……."

웃음기를 지운 풍월이 잠시 지체되었던 속도를 높이려 할 때였다.

"형님."

조용히 침묵하고 있던 형웅이 풍월을 불렀다.

"왜?"

"아무래도 제가 가봐야 할 것 같습니다."

"네가?"

"예."

"미안한 말이지만 염호는……."

풍월이 형웅의 눈치를 보며 말끝을 흐렸다.

"단순히 염호의 행적을 찾으려는 건 아닙니다."

"아니면?"

"물론 염호의 생사를 확인하는 것도 중요하지만. 사마조, 그자를 찾아야 하지 않겠습니까?"

"……."

"사마조는 현재 사마세가와 개천회를 연결하는 가장 중요한 놈입니다. 절대 놓쳐서는 안 됩니다."

"연락이 끊긴 게 사흘이면 너무 늦었잖아."

구양봉의 말에 형웅이 고개를 저었다.

"중간 연락을 맡은 수하들이 이미 염호의 흔적을 찾아 움직이고 있을 겁니다. 염호까지는 몰라도 최소한 사마조의 행적은 다시 찾아낼 수 있을 겁니다. 보내주십시오."

형웅이 담담한 눈빛으로 허락을 구했다. 설득하기는 힘들 것 같다는 생각을 한 구양봉이 슬그머니 풍월을 바라보았다.

형웅의 담담한 눈빛에서 이미 그의 의지를 느낀 풍월이 고개를 끄덕였다.

"그래, 네 말이 맞는 것 같다. 대신 약속 두 개만 하자."

"말씀하세요."

"사마조가 우선이 아니라 염호의 생사가 우선이다. 그의 행방을 찾는 것에 집중해."

형웅의 눈빛이 살짝 흔들렸다.

"그리고 어떤 상황에서라도 무리는 하지 마라. 눈앞에 개천회 회주의 면상이 왔다 갔다 하더라도 혼자서 해결할 생각은 하지 말라는 말이야. 두 가지만 약속하면 보내준다."

잠시 생각하던 형웅이 고개를 끄덕였다.

"알겠습니다."

풍월이 형웅의 어깨에 가만히 손을 올렸다.

"약속한 거다."

"예."

형웅과 풍월의 시선이 허공에서 얽혔다.

"뭣들 하는 거야? 결정을 했으면 서둘러야지. 서로 갈 길이 바쁘다."

구양봉이 둘 사이에 끼어들며 소리쳤다.

"다녀오겠습니다."

허리를 숙이며 인사를 한 형웅의 신형이 어느 순간 바람처럼 사라졌다.

"조심해라."

뒤늦은 구양봉의 외침이 형웅의 신형을 따라 바쁘게 날아
갔다.

제106장

재회(再會)

"어서 오게. 기다리고 있었네."

풍월이 도착했다는 말에 의관도 제대로 갖추지 못하고 뛰어나온 제갈중이 풍월과 그 일행을 반갑게 맞이했다.

"예, 오랜만에 뵙습니다."

풍월이 정중히 인사를 했다.

"자네도 오랜만이네."

제갈중이 구양봉을 바라보며 환한 웃음을 지었다.

"예, 가주님. 잘 지내셨……."

풍월이 구양봉의 옆구리를 툭 쳤다. 그제야 와룡대의 몰살을 상기한 구양봉이 아차 싶은 표정을 지었다.

"괜찮네."

제갈중이 애써 미소를 지어 보였다.

"죄송합니다. 요즘 워낙 정신이 없어서요."

구양봉의 변명에 제갈중이 고개를 끄덕였다.

"그쪽 상황도 그렇게 좋지는 않다고 들었네."

"예, 얼마 전에 대거 병력이 충원되는 바람에 다시금 공세가 거세지고 있습니다."

"걱정이군. 검황의 후예와 자네가 빠지면 북해빙궁의 공세를 감당하기 힘들 텐데."

"소림과 산동악가가 굳건히 버티고 있으니 쉽게 무너지진 않을 겁니다. 그래도 최대한 빨리 돌아갈 생각입니다."

"그래야겠지. 자, 어서 안으로 드세. 할 말이 많네."

잠시 후, 가주의 집무실에 제갈중과 제갈후, 풍월과 구양봉 네 사람이 마주 앉았다.

"얘기는 들었나?"

제갈중이 물었다.

"본 궁에 속한 자들이 형산파를 공격한 일 말입니까?"

"그렇네."

"들었습니다. 개천회가 조만간 수작을 부릴 것이라는 예측대로 되었습니다만, 정무련이 아니라 정의맹인 것이 조금 의외

였습니다."

"정무련보다는 정의맹의 힘이 강하니까. 게다가 사마세가가 개천회라는 가정하에 그들의 영향력이 깊숙하게 침투한 정의맹이 아무래도 이용해 먹기도 쉬우니까."

가볍게 고개를 끄덕인 풍월이 착 가라앉은 음성으로 말했다.

"어찌 됐든 상관은 없습니다. 중요한 건 곁가지가 아니라 몸통이니까요."

"사마세가를 말하는가? 별다른 움직임은 없네. 아마도 조심을 하려는 것이겠지."

제갈후의 말에 풍월이 고개를 저었다.

"그쪽은 어차피 기대도 하지 않았습니다. 설사 사마세가를 뒤집어엎는다고 해도 얻을 수 있는 건 그다지 없을 것 같고요."

"어째서 그렇게 판단하는가?"

"빈껍데기만 남지 않았습니까. 가주를 비롯해서 핵심적인 식솔들이 모조리 정의맹으로 옮겨갔습니다. 털려면 정의맹을 털어야 합니다."

풍월의 과격적인 발언에 제갈후는 물론이고 구양봉마저도 눈을 동그랗게 떴다. 다만 제갈중만은 평온한 신색을 유지하고 있었다.

"위험한 생각이다."

구양봉이 설마 하는 표정으로 말했다.

"위험하기는 해도 확실한 방법이지."

"확실하기는 뭐가 확실해! 사마세가의 정체가 개천회라고 해도 아직까지는 확실한 증거가 없어. 오히려 마련에게서 강남무림을 구해낸 정의맹이라는 확고한 지위가 있지. 섣부르게 일을 벌이면 오히려 우리만 불리해진다. 행여나 말하지만 절대 쓸데없는 생각 하지 마."

구양봉은 풍월이 정의맹에 뛰어드는 것을 막기 위해 필사적이었다.

"쓸데없는 생각이 아니라 상책이라니까."

"헛소리는 하지 말고!"

버럭 소리를 지른 구양봉이 제갈중에게 도움을 요청했다.

"가주께서도 뭐라 말씀 좀 해주십시오."

구양봉의 말에 제갈중이 너털웃음을 흘리며 말했다.

"타초경사(打草驚蛇─수풀을 때려 뱀을 놀라게 한다)는 아주 훌륭한 계책일세."

"예?"

전혀 예상치 못한 답변에 구양봉의 눈이 휘둥그레졌다. 그건 제갈후도 마찬가지였다.

"뱀이 저리 교묘하게 숨어 있으니 수풀이라도 건드려 봐야 하지 않겠나."

그제야 제갈중과 풍월 사이에 모종의 말이 오갔음을 확인한 구양봉이 어이없다는 표정을 지었다.

"맙소사! 정말 쳐들어갈 생각인 거냐?"

"잡아야 하는 뱀이 정의맹이라는 수풀 안에 처박혀 있으니 한번 흔들어보려고. 정말 그 안에 본신이 있는지 아니면 다른 곳에 똬리를 틀고 있는 것인지 확인도 해보고."

"네 신분을 잊은 거냐? 패천마궁의 궁주다, 패천마궁! 정의맹 사람들이 용납할 거라 보는 거냐?"

구양봉이 답답하다는 듯 가슴을 쳤다.

"착각하지 마. 패천마궁의 궁주가 아니라 서문세가의 핏줄로 찾아가는 거야. 말도 안 되는 누명을 씌워 수백의 목숨을 빼앗았으니까 최소한 어찌 된 것인지 추궁은 해봐야지. 여차하면 책임도 묻고."

"여차하면 책임을 물어? 나 원, 아예 정의맹주의 목을 날린다고 해보지."

구양봉이 신경질적으로 물었다.

풍월이 아무런 대꾸도 없이 묘한 미소만 짓자 구양봉의 낯빛이 하얗게 변했다.

"미… 친!"

멍한 눈으로 풍월을 바라보던 구양봉은 결국 머리를 부여잡고 말았다.

그날 밤, 풍월과 제갈중은 새벽까지 대화를 나누었다.

*   *   *

"살이 좀 빠졌구나."

사마용이 며칠간 외유를 끝내고 돌아온 사마조의 얼굴을 찬찬히 살피며 말했다.

"조금 바삐 움직였더니 그런 것 같습니다."

"돌아가는 모양새를 보니 생각보다 더 잘되고 있는 것 같구나. 애썼다."

"아닙니다. 이제 시작이죠. 형산파가 의도한 대로 정의맹을 움직여 패천마궁을 치고 정무련과 당가가 연속적으로 참전을 해야 비로소 성공이라 할 수 있을 겁니다."

"시작이 반이라고 했다. 시작이 좋으니 모든 것이 잘될 것이야."

방심하지 않으려는 사마조와는 달리 사마용은 어느 정도 성공을 확신하고 있는 것 같았다. 그것도 당연한 것이 패천마궁의 공격을 당한 형산파의 반발이 그들이 생각하는 것 이상으로 거셌다.

사마세가와 혁련세가가 움츠리고 있다지만 단 며칠 사이에 정의맹에서 서문세가의 자리를 꿰찬 것은 형산파의 저력을 보여주는 것. 그런 형산파가 자신들의 지위를 보다 공고히 하기 위해 무척이나 호전적으로 나왔고, 사마세가가 은연중 이를 돕고 있으니 패천마궁과의 싸움은 기정사실이나 다름없었다.

"형산파만으로는 부족합니다."

"그렇잖아도 당가 계집에게 연락을 취했다."

"뭐라고 합니까?"

"곧 만족할 만한 조치를 취할 것이란 답이 왔다."

잠시 생각한 사마조가 입을 열었다.

"만독방이겠군요."

"아마도. 패천마궁에 쫓긴 만독방에 의해 당가가 공격을 당했다. 뭐, 대충 이 정도 핑계로 시작을 하려는 것 같더구나."

"당가가 패천마궁과 충돌하면 서북무림도 지원을 하지 않을 수 없을 겁니다. 그동안 환사도문과의 싸움에서 당가로부터 상당한 도움을 받았으니까요."

"하지만 배후가 불안하면 움직이고 싶어도 그럴 수가 없겠지. 환사도문 놈들이 움직이지 못하도록 확실히 못을 박아야 할 것이다."

"놈들의 움직임을 면밀히 파악하고 있습니다. 이미 사람도 보냈고요."

"그랬더냐? 잘했다."

사마용은 사마조의 빈틈없는 일 처리에 크게 만족하며 칭찬을 했다.

두 사람의 대화를 잠자코 듣고 있던 위지허가 입을 열었다.

"그런데 당가의 그 계집. 영 수상하지 않나?"

"무슨 소린가?"

사마용의 반문에 위지허가 고개를 갸웃거리며 말했다.

"당가의 계집이 만독방을 원한 이유를 모르겠어. 그간 악연이 쌓였다는 것은 알지만 단순히 분풀이를 하기 위함은 아닌 것 같은데 말이지."

"저도 그게 좀 의아합니다. 보고에 의하면 처음 충돌했을 때와 끝까지 저항하는 인원 몇을 제외하고는 모조리 포로로 잡아서 은밀히 압송했다고 합니다. 분명 뭔가를 꾸미고 있습니다."

"그 이유를 파악하지 못한 것이냐?"

사마용의 물음에 사마조가 미간을 살짝 찌푸렸다.

"당가에 접근했던 아이들이 모조리 실종되었습니다. 그렇다고 다른 인원을 계속 파견하기도 애매합니다. 어찌 됐거나 일단은 손을 잡은 사이니까요."

"네 말이 맞다. 나중에야 어찌 되었든 지금 당장은 필요하니까. 무리해서 자극은 하지 말거라. 그래도 경계를 늦추어서는 안 될 것이다."

"알겠습니다."

"한데 형산파가 저리 날뛰니 정의맹 쪽은 문제가 없는 것 같은데 패천마궁이 어찌 나올지 모르겠구나. 아직까지는 별 다른 움직임이 없는 것 같은데. 따로 보고를 받은 것이 있느냐?"

사마용의 물음에 사마조가 고개를 저었다.

"특별한 움직임 없이 침묵하고 있는 것 같습니다. 애당초 결정을 할 수 있는 건 그놈들이 아니라 풍월이니까요."

풍월이란 이름을 떠올리는 것만으로도 골치가 아픈지 사마조의 눈살이 절로 찌푸려졌다.

"제갈세가로 가고 있다고 들었는데 맞느냐?"

위지허가 물었다.

"예, 지금쯤이면 도착했을 겁니다."

"흠, 요주의 인물들이 또 만나는군. 이번엔 무슨 작당을 하려는 것인지."

"아마도 본 가에 대해 얘기를 나누고 있을 겁니다. 제가 실수를 좀 했습니다."

"아, 그래. 그 얘기는 들었다. 하지만 너무 걱정하지 말거라. 본 회와 사마세가는 철저하게 분리가 되어 있지 않더냐. 놈들이 아무리 애를 써도 알아낼 수 있는 것은 한계가 있어. 물론 조금 귀찮기야 하겠지만."

"그렇잖아도 본 가에서 연락이 왔네. 날파리들이 많이 꼬였다고 하더군."

사마용의 말에 위지허가 헛웃음을 흘렸다.

"날파리들이 꼬인 것이 어디 하루 이틀이던가. 그 양이 조금 더 늘어났다고 해도 날파리는 날파리에 불과할 뿐이지."

"날파리로 취급할 수 없는 자도 있었습니다."

사마조의 말에 사마용과 위지허가 동시에 눈동자를 빛냈다.

"풍월을 만나고 돌아오던 길에 제게 꼬리가 붙었습니다. 본가에 도착하기 전에 고모부를 만나지 못했다면 이곳으로 오기 전에 잠시 들렀던 은거지 몇 곳이 노출되었을 겁니다."

"아, 그래서 무상이 복귀를 하지 않고 있었군. 대체 어떤 놈이길래 네가 눈치를 채지 못한 것이냐?"

위지허가 흥미롭다는 얼굴로 물었다.

"입을 다물고 있어서 정체를 파악하지는 못했지만 짐작은 갑니다."

"매혼루더냐?"

사마용이 물었다.

"그런 것 같습니다. 고모부 말로는 은신술을 감안했을 때 최소한 일급 이상의 살수로 보여집니다."

"일급살수의 은신술이라면 네 실력으론 쉽게 눈치챌 수가 없겠지. 그래서, 무상이 지금껏 심문을 하고 있다는 것이냐?"

"예."

"츕, 어차피 짐작하고 있는 것을. 시간 낭비 하지 말고 돌아오라 전하 거라."

"그것이……."

사마조가 뭔가 할 말이 있다는 듯 머뭇거렸다.

"무슨 문제라도 있는 것이냐?"

"고모부가 놈을 미끼로 낚시를 하려고 하는 것 같습니다."

"낚… 시?"

사마용과 위지허가 동시에 뜬금없다는 표정을 지었다.

"놈의 행방을 흘리면 틀림없이 매혼루 놈들이 찾아올 것이라면서……."

사마조가 사마용의 눈치를 살피며 말끝을 흐렸다.

"쯧쯧, 이리 급박하게 돌아가는 상황에서 어울리지도 않는 장난질은. 쓸데없는 짓 하지 말고 당장 돌아오라고……."

역정을 내던 사마용의 표정이 갑자기 굳었다. 그러고는 두 눈을 부릅뜨며 물었다.

"설마, 형웅이란 놈을 노리는 것이냐?"

*   *   *

"이곳이라고?"

형웅이 눈앞에 우뚝 솟은 산을 가리키며 물었다.

"그렇습니다. 이곳으로 흔적이 이어졌습니다."

형웅이 수하들의 설명을 들으며 천천히 이동했다.

좌우로 돌아가는 고개. 가벼운 움직임이었지만 그의 시선은 개미가 지나간 흔적까지 놓치지 않을 정도로 날카롭고 치밀했다.

"외진 곳인데 용케도 찾았네."

"그게, 좀 이상합니다."

중간 연락책을 맡았던 수하들은 도합 넷, 그중 가장 고참이라 할 수 있는 송보가 입을 열었다.

"뭐가?"

"너무 쉬웠습니다."

"쉽다?"

"네, 대부분의 흔적은 지워지고 그나마 남은 것도 희미해져 버린 것이 대부분이나 추격을 이어갈 수 있는 단초 하나는 반드시 남아 있었습니다."

"그러니까 뭐야. 흔적을 지우는 척하면서 우리를 유인했다는 말을 하고 싶은 거야?"

형웅의 말에 굳은 표정으로 입을 다물고 있던 송보가 천천히 고개를 끄덕였다.

"제 판단으론 그런 것 같습니다."

형응은 잠시 송보의 얼굴을 살폈다. 비록 삼급 살수에 불과하나 매혼루에 닥친 몇 번의 위기를 견뎌냈다는 것은 그만큼 뛰어나다는 것을 반증하는 것이었다.

"네 판단이 그렇다면 그게 맞겠지."

송보의 말에 힘을 실어준 형응이 숲을 따라 이어지는 흔적을 가만히 살피며 입술을 비틀었다.

"유인을 하겠다? 그걸 원한다면 따라주지."

상대의 의도를 파악한 형응은 이후 거침없이 수풀을 헤치며 나갔다.

송보는 혹시 모를 매복을 걱정했으나 형응은 자신의 감각에 걸리지 않을 매복 따위는 있을 수가 없다 자신하며 속도를 늦추지 않았다.

희미하게 이어지는 흔적을 따라 이동하기를 이각 여, 형응과 수하들 앞에 장원 하나가 모습을 드러냈다. 그리 큰 규모라고는 할 수 없었으나 산속에 그만한 규모의 장원이 존재한다는 것 자체가 놀라운 일이었다.

"이런 곳에 장원이……."

송보는 깊은 산속에 마치 요새처럼 자리를 잡고 있는 장원의 모습에 놀라움을 감추지 못했다.

"개천… 회."

조용히 읊조린 형웅이 고개를 들어 하늘을 봤다.

해가 떨어져 사방이 어두워지기 시작했다.

낮과 밤이 바뀌는 시기. 아직 충분히 사물을 구별할 빛이 남아 있지만 오히려 움직이기엔 적당했다.

"물러나서 휴식을 취해라."

"예?"

갑작스러운 명에 송보가 깜짝 놀란 표정을 지었다.

"너희들의 임무는 여기까지다. 함께 있으면 오히려 방해가 될 뿐이야."

"함정일 가능성이 높습니다. 저희가 먼저 침투를 해서 확인을 하겠습니다."

송보가 굳은 얼굴로 말하자 형웅이 한숨을 내쉬었다.

"너희를 무시하고자 함이 아니다. 함정? 알고 있다. 하지만 나는 이따위 함정에 당할 만큼 약하지 않아. 그러니 믿고 물러나 있어."

형웅은 두 번 말하지 않겠다는 듯 단호히 명을 내리고 몸을 돌렸다. 뭐라 말을 하려던 송보는 이미 걸음을 옮기는 형웅의 뒷모습에 결국 입을 떼지 못했다.

형웅은 순식간에 거리를 좁혀 장원에 도착했다.

정문으로 보이는 곳에 두 명의 무인들이 서성거리며 지키고 있을 뿐, 딱히 어떤 수상한 점을 느낄 수는 없었다.

'애당초 이런 산속에 이 정도 규모의 장원이 있다는 것이 수상한 것이지.'

차갑게 웃은 형응이 좌우를 살피더니 이내 몸을 띄웠다.

담장의 높이가 이 장에 이르렀지만 전혀 문제가 되지 않았다.

단 한 번의 도약으로 가볍게 담을 뛰어넘은 형응의 신형이 새벽에 내리는 이슬처럼 은밀히 움직이기 시작했다.

생각 외로 장원은 조용했다.

규모에 비해 상주하는 인원도 무척 적었다. 다만 그 인원이 모두 무공을 익힌 자들이라는 것이 특징이라면 특징이었다.

장원의 각 건물에 은밀히 침투를 하며 확인한 정보를 바탕으로 형응은 장원이 개천회의 비밀 기지 중 하나임을 확신했다.

'하지만 염호가 없다.'

장원 내에 있는 어느 건물에서도 염호의 흔적을 찾을 수가 없었다.

개천회의 비밀 기지를 발견한 것도 중요한 것이었지만, 지금 당장은 실종된 염호를 찾는 것이 더 중요했다.

초조해진 형응이 혹시라도 자신이 놓친 곳이 있는지 다시금 확인을 하기 위해 움직이려 할 때였다.

"그만하면 충분히 구경한 것 같다만."

말이 끝나기도 전에 튕겨나듯 물러난 형웅이 목소리의 주인과 시선을 마주쳤다.

"시작도 안 했는데 그리 겁먹을 것 없다."

너털웃음을 터뜨린 중년인, 개천회의 무상 검우령이 축 늘어진 사내를 형웅에게 집어 던졌다.

"이놈을 찾으려고 온 것이 아니더냐?"

형웅의 시선이 쓰러진 사내에게 향했다. 실종됐던 염호였다.

형웅이 염호에게 손을 뻗으려는 찰나, 검우령의 말이 이어졌다.

"아직 죽지는 않았으니 너무 걱정하지는 마라. 아무튼 오랜만이구나, 애송아."

형웅은 자신도 모르게 입술을 꽉 깨물었다.

검우령의 미소를 보자 항주에서 당했던 처참한 기억이 떠올랐다. 그로 인해 목숨을 잃어야 했던 매혼루의 수많은 형제들의 모습까지도.

"만나고 싶었다."

형웅의 전신에서 폭발적인 살기가 일었다. 그때, 혼절한 줄 알고 있었던 염호가 형웅의 바짓단을 움켜잡았다.

"루, 루주님."

형웅을 에워싸고 있던 살기가 순식간에 사라졌다.

"괜찮아?"

"버, 버틸 만합니다."

"움직일 수 있어?"

"어렵습니다."

한숨을 내쉰 형웅이 고개를 돌려 좌측 담장을 향해 말했다.

"와서 데리고 가."

말이 끝나기가 무섭게 담장을 뛰어넘은 송보가 염호를 들쳐 업었다.

"물러나 있으라니까."

형웅의 나직한 질책에 송보가 고개를 숙였다.

"죄송합니다."

"됐고. 대신 반드시 무사히 빠져나가."

"알겠습니다."

송보가 몸을 움직이려는 찰나 염호가 손을 뻗어 형웅의 소매를 잡았다.

"루주님."

"걱정하지 말고 몸이나 잘 챙겨."

고개를 흔든 염호가 힘겹게 입을 열었다.

"고모… 부. 사마… 조, 그놈이 저자를 보고 고모부라 불렀습니다."

순간, 형웅의 눈동자가 크게 흔들렸다.

"그래, 제대로 접수했다. 애썼다."

형웅이 살짝 들뜬 목소리로 칭찬을 했을 때 염호는 이미 정신을 잃었다.

"가라."

엉거주춤 서 있는 송보를 향해 명을 내린 형웅이 어느새 주변을 에워싸고 있는 무인들을 보며 살기를 드러냈다. 추격을 용납하지 않겠다는 형웅의 자세에 검우령이 껄껄 웃었다.

"아, 걱정하지 마라. 당장 추격을 할 생각은 없으니까. 난 정신이 흐트러진 놈하고 싸우고 싶은 마음은 없거든."

형웅이 자신에게 시선을 고정시키자 검우령이 웃음을 딱 그치고 물었다.

"살황마존의 무공을 익혔다고 들었다. 맞느냐?"

형웅은 대답 대신 품속으로 손을 집어넣었다.

"물었다. 네가 살황……."

검우령의 말은 이어지지 못했다.

품을 뒤지던 형웅의 손이 번개처럼 움직이더니 정체 모를 뭔가가 날아들었기 때문이다.

"고작 암습 따위를!"

차갑게 비웃은 검우령의 검이 그대로 허공을 갈랐다.

팍!

둔탁한 소음과 함께 하얀 가루가 사방으로 흩어졌다.

혹여 독이 아닐까 호흡을 멈추고 물러난 검우령이 형웅의 모습을 확인하려 했을 땐 이미 그의 신형은 사라지고 없었다.

하얀 가루가 허공에 흩어진 순간, 검우령의 눈앞에서 완벽하게 몸을 숨긴 것이었다.

"훙! 어디서 이런 치졸한 수를."

가소롭다는 표정을 지은 검우령이 전신의 감각을 극대화시켰다. 그러고는 자신을 중심으로 사방 십여 장에 이르는 주변을 샅샅이 뒤졌다.

한데 없었다. 풀벌레가 기어가는 소리까지 놓치지 않을 정도로 주의를 귀 기울였지만 그 어느 곳에서도 형웅의 기척은 존재하지 않았다.

전력을 다해 한참을 찾았음에도 형웅의 기척을 감지하지 못한 검우령은 그제야 상대가 단순한 살수가 아니라는 것을 느낄 수 있었다.

팔대마존의 수위를 차지하고 있던 살황마존. 애당초 그의 살예를 이은 형웅을 평범한 살수라 여긴 것 자체가 잘못된 것이었다.

검우령의 표정이 더없이 심각해졌다.

살수의 위치를 감지하지 못한다는 것이 어떤 의미인지 그는 너무도 잘 알고 있었다. 생각지도 못한 위기감에 전신에 소름이 돋았다.

'아예 사라진 건가?'

혹시나 하는 생각이 들었으나 이내 고개를 저었다.

'아니, 눈앞에서만 사라졌을 뿐이다. 완벽하구나. 두려울 정
도로.'

만약 두 사람만의 싸움이었다면 기선을 완벽하게 제압당했
다고 해도 과언은 아니었다. 하지만 지금 이 자리엔 두 사람
만 있는 것이 아니었다.

형웅을 찾아내지 못한 검우령이 주변에 있는 수하들에게
눈짓을 보냈다.

초조하게 상황을 지켜보던 수하들이 사방으로 흩어져 형웅
을 찾기 시작했다.

수하들이 형웅의 목숨을 어찌할 수는 없으리라. 어쩌면 피
해도 많이 발생할 수 있었다. 하나 형웅은 그런 피해를 감수
하고서라도 반드시 잡아야 할 만큼 중요했다.

'놈, 어디냐?'

지그시 눈을 감은 검우령이 다시금 감각을 극대화시켰다.

단 한 번의 기척만 감지할 수 있다면 다시는 놓치지 않을
자신이 있었다.

사방을 휘젓고 다니며 형웅을 찾는 검우령의 수하들은 두
사람의 싸움에 있어 큰 변수였다. 한데 또 하나의 변수가 생

졌다.

두두두둑.

두 사람의 대결에 수하들을 동원한 검우령을 질책이라도 하듯 한두 방울 내리던 빗방울이 어느 순간부터 거세게 쏟아지기 시작했다.

얼굴이 따가울 정도로 거세게 내리는 빗줄기에 검우령은 이를 부득 갈았다.

'빌어먹을!'

비와 어둠.

살수에게 최고의 조력자가 등장한 것이다.

번쩍!

뇌전(雷電)에 주변이 살짝 밝아졌다. 이어 찾아오는 뇌성(雷聲).

꽈꽈꽈꽝!

뇌성에 가려진 나직한 신음이 어디선가 들려왔다.

신음이 들려온 곳을 수색하고 있는 자들 누구도 눈치채지 못했지만 검우령은 놓치지 않았다.

'그곳이냐?'

먹잇감을 노리는 맹수의 눈처럼 변한 검우령의 날카로운 시선이 좌측 전각을 훑었다.

다시금 사위를 밝히는 뇌전에 천천히 무너져 내리는 수하의 모습이 들어왔다. 그리고 그의 뒤편으로 조용히 사라지는 희미한 그림자까지.

검우령의 검이 그림자를 따라 움직였다.

빗줄기를 끊어내며 움직인 검의 궤적을 따라 눈부신 검광이 발출되었다.

검우령은 지금의 공격으로 형웅의 목숨을 빼앗거나 치명적인 부상을 입힐 것이란 기대를 하지 않았다. 그저 은신을 하지 못하도록 하는 정도면 충분했다.

빗줄기를 가르며 나아간 검광이 쓰러지는 수하의 몸을 가르고 그 뒤로 몸을 숨기는 형웅을 향해 짓쳐 들었다.

'이럴 수가!'

허무하게 허공을 가르는 검광을 보며 검우령의 표정이 무참히 일그러졌다. 수하의 몸을 양단하는 무리수까지 써가며 형웅을 쫓았건만 또다시 형웅을 놓친 것이다.

다른 생각을 할 여유가 없었다.

번개처럼 몸을 날린 검우령이 수하의 시신을 뛰어넘어 형웅이 사라진 곳을 향해 재차 검을 휘둘렀다.

파스스스슷!

날카로운 파공성과 함께 사방으로 빗방울이 튀었다. 동시에 검이 움직이는 방향의 모든 것들이 파괴되기 시작했다.

정원수가 반으로 잘리고 명공이 공들여 만든 조각상이 산산조각이 나서 흩어졌다. 전각의 기둥이 잘리며 지붕이 폭삭 무너져 내렸다. 거세게 내리는 빗줄기로도 어쩔 수 없을 정도의 많은 먼지가 사방으로 흩날렸다.

그때, 나직한 비명이 들려왔다.

검우령의 표정이 다시금 일그러졌다.

형웅이 있다고 판단하여 무차별적으로 공격을 하는 곳으로부터 정확히 반대편에서 신음이 들려왔기 때문이다.

재빨리 몸을 돌린 검우령이 전력을 다해 검을 던졌다.

빛살처럼 날아간 검이 무너지는 수하의 얼굴을 스치며 어둠 속으로 몸을 숨기는 형웅을 향해 날아갔다.

때마침 번쩍인 뇌전이 주변을 환히 밝혔다.

검우령은 자신의 검이 형웅의 몸에 정확히 적중하는 것을 보며 쾌재를 불렀다.

그것이 자신의 착각이라는 것을 깨닫는 것은 오래 걸리지 않았다.

검이 꿰뚫었던 것은 형웅이 남긴 잔상이었을 뿐, 그의 신형은 이미 검우령의 시선을 벗어난 상태였다.

검우령의 날카로운 눈빛이 좌측에 조성된 꽃밭으로 향했다.

실패는 한 번으로 족했다.

'놓치지 않는다.'

형웅의 잔상을 베고 돌아온 검을 낚아채며 허공으로 치솟은 검우령이 꽃밭을 향해 검존 남궁백이 남긴 제왕무적검의 절초 검왕현신을 펼쳤다.

검왕현신이 꽃밭에 작렬하기 전, 꽃밭에서 회오리바람이 일었다.

회오리바람을 따라 꽃잎들이 일제히 치솟더니 사방으로 흩어지기 시작했다.

검우령은 그 꽃잎들 사이에서 몸을 움직이는 형웅을 놓치지 않았다.

연속으로 뿜어져 나오는 제왕무적검의 절초들.

'절대 놓치지 않아. 반드시 잡는다.'

형웅의 뒤를 쫓는 검우령의 얼굴엔 자신감이 가득했다.

"헉! 헉!"

염호를 등에 업고 정신없이 달리다 보니 호흡이 턱밑까지 차올랐는지 송보가 연신 거친 숨을 토해냈다. 그를 호위하듯 따라붙은 동료들 또한 송보와 다르지 않았다.

"여, 영감. 히, 힘들면 나랑 바꾸지?"

오만상을 찌푸리며 따라붙고 있던 양진이 소리쳤다.

"네놈 표정이나 보고 그런 말 해라. 그리고 한 번만 더 영감이라고 부르면 뒈진다고 했⋯⋯."

양진에게 눈을 부라리던 송보의 표정이 갑자기 굳었다.

그들이 지나온 길을 따라 검은 그림자 몇이 빠르게 접근하고 있었기 때문이다.

"육시랄 새끼들!"

송보를 따라 고개를 돌리던 양진의 입에서 거친 욕설이 터져 나왔다.

"빨리 가, 영감! 여긴 우리가 어떻게든 막아볼 테니까."

"하지만⋯⋯."

송보가 망설이자 양진이 버럭 소리를 질렀다.

"지랄 말고 빨리 가라고. 죽어라 덤벼도 얼마 버티지 못해. 이러다 다 죽어!"

몸을 돌린 양진은 이미 적들을 향해 달려가기 시작했다. 나머지 동료들 역시 양진과 보조를 맞추었다.

이를 악문 송보가 몸을 돌렸다.

어차피 자신 한 명이 손을 보탠다고 해도 적들을 막을 수는 없었다. 오히려 힘들게 구한 염호까지 죽음으로 몰아넣을 터. 그들의 죽음을 헛되이 하지 않기 위해서라도 어떻게든 염호를 구해 탈출해야 했다.

얼마를 달렸을까.

병장기 부딪치는 소리, 악을 쓰는 소리, 처절한 비명이 더 이상 들려오지 않았다.

그것이 적의 추격에서 탈출했음을 의미하는 것은 아니다.

오히려 위험신호였다.

적의 앞을 막아주던 동료들이 모조리 쓰러졌으니 이제 곧 추격자들이 들이칠 것이다.

취리리리릿!

날카로운 파공성에 본능적으로 몸을 틀었다.

왼쪽 허벅지가 불에 댄 듯 뜨거워지며 고통이 밀려들었다.

중심을 잡지 못한 송보가 몇 번이나 비틀거리다 힘없이 꼬꾸라졌다.

재빨리 몸을 추슬렀을 때 적들은 이미 그의 코앞까지 육박해 있었다.

'여섯 명. 겨우 하나를 줄였을 뿐인가.'

추격자들의 숫자가 여섯임을 확인한 송보는 절망감에 사로잡혔다.

자신과 실력이 비슷한 동료들이 목숨을 걸고 싸웠음에도 적의 숫자는 겨우 한 명 줄었을 뿐이다. 이는 곧 무슨 수를 쓴다고 해도 적들의 손에서 빠져나갈 수 없다는 것을 의미했다.

"쥐새끼 같은 놈!"

비웃음을 흘리며 송보에게 다가온 사내가 죽은 듯 누워 있는 염호를 가리키며 물었다.

"조장, 저놈은 어찌합니까?"

잠시 생각에 잠긴 여명대 이조장 태선이 이내 답했다.

"베어버려."

"하지만 저자는……."

"매혼루주를 잡을 미끼였을 뿐이다. 이제 쓸모없으니까 그냥 베어버려."

"알겠습니다."

명을 받은 사내가 최후의 저항을 하기 위해 검을 곧추세우고 있는 송보에게 다가왔다.

"그래, 끝까지 저항해라. 그냥 목을 내미는 놈은 베는 맛이 없으니까."

스산히 웃은 사내가 송보를 향해 검을 뻗었다.

송보가 공격을 막기 위해 최선을 다했으나 지칠 대로 지친 데다가 허벅지에 깊은 부상까지 당해서인지 제대로 대응하지를 못했다.

단 세 번의 공격에 검을 놓치고 무릎을 꿇고 말았다.

"흐흐흐!"

송보를 쓰러뜨린 사내가 승자의 미소와 함께 마지막 일격을 날렸다.

이제 곧 살을 베고 뼈를 끊어내는 짜릿한 쾌감이 검을 통해 전해질 터. 한데 어찌 된 일인지 원하던 감촉이 전해지지 않았다.

그 이유를 알기도 전, 사내의 몸이 옆으로 기울더니 힘없이 무너져 내렸다.

"웬 놈들이냐?"

태선이 수하의 목을 베어버린 적을 보며 차갑게 소리쳤다. 하지만 대답은 눈앞의 적이 아닌 전혀 엉뚱한 곳에서 들려왔다.

"크악!"

"으악!"

갑작스레 들려온 수하들의 비명에 깜짝 놀라 고개를 돌린 태선.

그의 눈에 하나같이 목을 부여잡고 쓰러져 내리는 수하들의 모습이 들어왔다. 동시에 마지막 한 명의 수하까지 여유롭게 베어버린 후, 검을 거두는 미인의 모습까지.

'가, 가공할 고수다.'

태선은 눈부시게 아름다운 여인의 모습에서 감히 숨도 쉬지 못할 정도로 두려움을 느꼈다.

여명대의 무력이 개천회의 여러 무력단보다 떨어지는 것은 맞지만 이렇듯 허무하게 당할 정도는 아니다. 한데 첫 비명이 들리고 고개를 돌린 그 짧은 시간에 수하들이 모조리 도륙을 당한 것이다. 그것도 제대로 된 반응도 해보지 못한 채.

"네, 네놈들······."

태선은 말을 잇지 못했다.

갑작스러운 고통에 쩍 벌어진 입, 자신이 처한 상황을 도저히 이해하지 못하겠다는 듯 부릅떠진 눈은 가슴을 관통한 검을 향해 있었다.

"병신."

추격자들을 일거에 몰살시킨, 매혼루의 특급살수 청요가 태선의 곁을 지나치며 비웃음을 흘렸다.

태선의 심장에 검을 꽂아 넣은 특급살수 석첨은 이미 염호의 상세를 살피고 있었다.

"어때요?"

청희가 물었다.

"지독하게 당하기는 했어도 목숨은 건질 수 있을 것 같다."

"다행이네요."

청희가 안도의 한숨을 내쉬었다. 무겁게 고개를 끄덕인 석첨이 송보에게 다가오며 물었다.

"루주님은 어디에 계시지?"

"저, 적과 싸우고 계십니다."

송보가 장원 방향을 가리키며 말을 이었다.

"십 리 정도 떨어진 곳, 산속에 위치한 장원에······."

석첨이 더 들을 것도 없다는 듯 몸을 일으킬 때, 염호의 상세를 살피고 있던 청희는 이미 장원을 향해 움직이기 시작했다.

"최대한 빨리 돌아오겠다. 그때까지 버틸 수 있겠지?"

"물론입니다."

송보가 힘차게 소리쳤다.

"그래, 믿는다."

가볍게 고개를 끄덕인 석첨이 몸을 돌렸다. 그러고는 빛살처럼 빠른 움직임으로 빗줄기를 뚫고 내달렸다.

『검선마도』15권에 계속…

초대형 24시 만화방

신간 100%, 샤워실, 흡연실, 수면실(침대석), 커플석, 세탁기 완비

▪ 광명 광명사거리역점 ▪

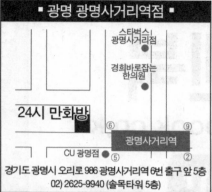

경기도 광명시 오리로 986 광명사거리역 6번 출구 앞 5층
02) 2625-9940 (솔목타워 5층)

▪ 강북 노원역점 ▪

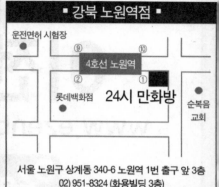

서울 노원구 상계동 340-6 노원역 1번 출구 앞 3층
02) 951-8324 (화용빌딩 3층)

▪ 일산 정발산역점 ▪

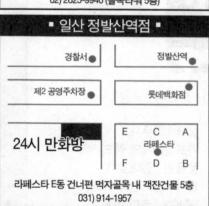

라페스타 E동 건너편 먹자골목 내 객잔건물 5층
031) 914-1957

▪ 일산 화정역점 ▪

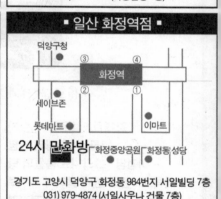

경기도 고양시 덕양구 화정동 984번지 서일빌딩 7층
031) 979-4874 (서일사우나 건물 7층)

▪ 부천 역곡역점 ▪

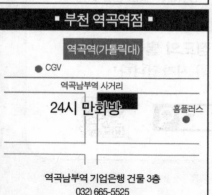

역곡남부역 기업은행 건물 3층
032) 665-5525

▪ 부평역점 ▪

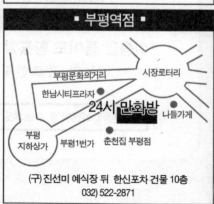

(구) 진선미 예식장 뒤 한신포차 건물 10층
032) 522-2871

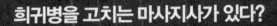

MODERN FANTASTIC STORY

강준현 현대 판타지 소설

주무르면 다고침!

희귀병을 고치는 마사지사가 있다?

트라우마를 겪은 후 내리막길을 걸어온 한두삼.
그는 모든 걸 포기하고 고향으로 향하게 된다.
그리고 그곳에서 특별한 능력을 얻게 되는데…….

"도대체 나한테 무슨 일이 생긴 거지?"

한두삼,
신비한 능력으로 인생이 뒤바뀌다!

Book Publishing CHUNGEORAM

유행이 아닌 자유추구 -
WWW. chungeoram.com

실명 무사

김문형 新무협 판타지 소설

FANTASTIC ORIENTAL HEROES

**망자가 우글거리는 지하 감옥에서
깨어난 백면서생 무명(無名).**

그런데, 자신의 이름과 과거가 기억나지 않는다?
잃어버린 기억을 되찾기 위해 망자 멸절 계획의 일원이 되는 무명.

**망자 무리는 죽음의 기운을 풍기며
점차 중원을 잠식해 들어가는데……!**

"나는 황궁에 남아서 내가 누구인지 알아낼 것이오."

**중원 천하를 지키기 위한
무명의 싸움이 드디어 시작된다!**

Book Publishing CHUNGEORAM

유행이 아닌 자유추구 -
WWW. chungeoram.com

너의 옷이 보여

킹묵 현대 판타지 소설
MODERN FANTASTIC STORY

꿈을 안고 입학한 디자인 스쿨에서
낙제의 전설을 쓴 우진.
실망한 채 고국으로 돌아오기 직전 교통사고를 당하고,
아무것도 보이지 않던 왼쪽 눈에
무언가가 보이기 시작한다.

그것도 어딘가 이상하게.

오직 그 사람만을 위한 세상에 단 한 벌뿐인 옷.
옷이 아닌 인생을 디자인하라!

디자이너 우진, 패션계에 한 획을 긋다!

Book Publishing CHUNGEORAM

유행이 아닌 자유추구 -
WWW.chungeoram.com

FUSION FANTASTIC STORY

초인의 게임

니콜로 장편소설

지저 문명의 침략으로 멸망의 위기에 빠진 인류.
세계 최고의 초인 7명이 마침내 전쟁을 종식시켰으나
그들의 리더는 돌아오지 못했다.

그리고 17년 후.

"서문엽 씨!
기적적으로 생환하셨는데 기분이 어떠십니까?"
"…너희 때문에 X같다."

죽어서 신화가 된 영웅.
서문엽이 귀환했다.

Book Publishing CHUNGEORAM

유행이 아닌 자유추구 -
WWW.chungeoram.com